Paul Alech

Le cache-nez

roman

Éditions Dédicaces

LE CACHE-NEZ, par PAUL ALECH

ÉDITIONS DÉDICACES INC.
675, rue Frédéric Chopin
Montréal (Québec) H1L 6S9
Canada

www.dedicaces.ca | www.dedicaces.info
Courriel : info@dedicaces.ca

Paul Alech

Le cache-nez

Un vent inconnu s'est levé !...
Les mots s'étant faits aventureux,
accroché à ma plume je me suis
laissé porter

P. A

Dès qu'il sortit le froid le surprit ! Il resserra le cache-nez autour de son cou, mais pas trop fort ; car la dernière fois il faillit étrangler le cou de celui à qui il appartenait. Ce n'était pas le sien, mais celui d'un quidam à l'aventure rencontré. Afin que cela ne se reproduise ayant en lui-même une confiance assez limité, il boutonna hermétiquement son pardessus. L'avenue était longue et triste ! La tour se révélant à ses yeux authentique pilastre, dressait un chapiteau de ciel tendu de toile grise. Où, sur une piste, parmi la foule sans cesse se griment et évoluent d'éternels saltimbanques ; baladins, comédiens voyageurs de passage, escamotant ou exaltant leurs sentiments. Pour finalement se confondre en un étrange amalgame de personnes soumises, désarmées, face à un identique et inexorable destin. Sous des arbres éplorés écartelant leurs branches maigres et nues, les trottoirs où s'amoncelaient de vieilles feuilles jaunies par l'automne rejetées, émettaient de petits cris quand on marchait dessus. Anonyme funambule cheminant étroitement, il alla jusqu'à la station de bus, déserte comme une station thermale dont se serait tarie la source suite au manque de son principal élément. Pour en ménager la surprise, sans avertissement ni mousseuse résurgence la rame de métro déboucha dans l'allée, comme échappée du goulot d'une bouteille renversée. Son air était tout guilleret, car lors de son précédant arrêt elle avait décidé de prendre un peu d'air. Cette prise inhabituelle et ininterrompue d'un reconstituant sans cesse renouvelé l'émoustillait. De même que le fait de se retrouver en plein jour, et d'avoir la possibilité d'écraser sans leur consentement et sans leur unique volonté de se jeter sous ses roues, des piétons désespérés qui ne l'attendaient pas de sitôt. La voyant arriver grisée de joie ivre de liberté, embarquée comme pour une croisière dans son nouvel itinéraire, il fit un signe de la main et de ramer la rame s'arrêta. Obéissante qu'elle était malgré le feu qui l'animait, à ne pas brûler les stations aux thermes, de son parcours dont elle n'avait cure. Le conducteur fit la moue et maugréa quelques mots durs, avant de descendre changer deux roues. Car le convoi n'était pas habitué à rouler sur les pavés de la chaussée qui, après une trop longue entente étaient plus ou moins disjoints ; toujours prêts à alimenter les prochaines émeutes. A l'intérieur d'un des wagons non-fumeur, déambulait un Indien ambulant sorti de sa réserve. Il offrait en signe de lointaines réconciliations des calumets qu'on ne pouvait fumer ; car les allumettes constamment prêtes à s'enflammer à la moindre friction, étaient aussi interdites. Bien que surchargée l'ambiance feutrée était pleine de sous-entendus. Alors que des lumières tamisées mettaient sur les visages pâles des fards évanescents, un voyageur désabusé lisait un journal à l'envers, n'ayant pas encore trouvé l'endroit pour le lire. Des passagers qui d'habitude épiaient leurs voisins dans le reflet des glaces qui, rendant anonymes leurs glaciales investigations ne les impliquaient en rien, n'osaient revendiquer ; chacun d'eux craignant d'être seul à le faire. Mais regrettant que la lumière du jour, efface dans ces glaces les reflets de leurs indiscrètes observations. Les oreilles obstruées desquelles pendait un fil, de jeunes voyageurs s'isolaient sur des musiques ; n'écoutant que d'un œil un sombre guitariste monté en cours de route, qui changeait d'auditoire de station en station. Seul l'Indien étranger, avec dans la tête cette idée saugrenue de faire bonne figure, tentait auprès de ses voisins soupçonneux aux visages hermétiques, une timide et infructueuse ouverture. Le métro repartit ! Tel un métronome, il reprit sa cadence qui avait été un instant perturbée par un contretemps inhabituel. De se voir dans la rue il se tordait de rire ; bousculant des voitures en mauvaises stations, en obstruction d'artère. On l'avait enterré trop tôt sans permis d'inhumer. A l'air libre à présent, il pouvait enfin voir les bateaux comme une troupe d'artistes

8

évoluer sur leur scène. Et les grands boulevards où s'étirent déchaussées des aubes silencieuses ; jusqu'aux vernis des soirées, brillants au contact de lumineuses enseignes. Avant de disparaître comme peau de chagrin dans ce genre de transport triste et illicite vu son nouveau parcours, l'homme l'abandonna. Ses yeux, sur les champs de la grande avenue, firent la récolte de fruits de néons multicolores. Le soir allumait des feux dans les appartements, qu'éteignaient aussitôt des jalousies, des stores. Univers calfeutré replié sur lui-même, à l'abri d'un extérieur qui dérange ses parts d'intimité honnêtement gagnées. Le long des trottoirs stationnaient des véhicules, semblables à des bouchons abandonnés après leurs rejets de diurnes embouteillages. Quand s'ouvraient les spectacles que l'on donnait en salles réanimées sorties de leur obscurité et de leur intermittente torpeur, des clients, et des clientes restaurées derrière leurs façades repeintes ou en attente de l'être, descendaient de voitures. En précipitant leurs pas au risque d'une foulure, la foule des grands jours aussi courts que les autres, foulait les avenues. L'opéra opérait, en gala, en première !

Au pied de paradis où de leurs scènes montent les étoiles, grand nombre d'artistes passionnés, amoureux, brilleront longtemps dans des yeux différents ; anonymes, inconnus, mais plein de rêves étranges.

La nuit était tombée comme tombe le vent, sans grand mal à se faire. Soudaine, enveloppante, liant les à-peu-près et les dissimulant. A la minute près il devait être vingt trois heures. Les planches des théâtres se consumaient du meilleur de leurs feux, devant les yeux éteints du pompier de service qui, depuis longtemps rêvait de s'enflammer au contact d'une héroïne au chaud regard de braise. Avant que ne retombe pourtant bien élevé, le rideau accroché à ses cintres auxquels il ne tenait pas particulièrement, en fin de représentations, en direction de personnages alignés comme pour une exécution faisant suite à l'interprétation d'une œuvre ou l'animation de différents

tableaux, crépitaient dans les salles des salves d'applaudisse-
ments. Les bistrots d'alentour patients et résignés, guettaient
derrière leurs yeux de verre la sortie de ces propres salles. Qui,
consentant finalement à se vider de leur substance et subsistance
rassasiées, redeviendraient muettes jusqu'aux prochaines représentations. L'homme entra dans un café, laissant à la porte la
nuit qui refusait d'entrer ; craignant avec justesse que la lumière
intérieure ne la fasse pâlir et soudain disparaître. Devant le long
comptoir rapidement déserté, le sol était couvert d'ex-crémants
issus d'une quelconque fête, des restes de tasses renversées, et
de petites enveloppes délestées de leurs sucres. Habituels résidus
d'avant spectacles, quand ces derniers attirent grand nombre de
consommateurs allant à la rencontre de merveilleux artistes,
impatients et nerveux à l'appel des trois coups.

Assis à une table, il tutoya la banquette et vouvoya le
garçon auquel il réclama un verre d'eau, après un café qu'il
n'avait pas pris. Devant cette étrangeté les guéridons
riaient ! Car ils étaient gais eux ! Indifférents, et différents
du patron qui derrière sa machine enregistreuse tirait une
bobine en rupture de fil. A la moindre alerte, on le sentait
prêt à rentrer dans sa caisse et faire son possible pour la
fermer à clé. Ne parvenant pas à faire entendre raison au
garçon éberlué et contestataire, l'homme se leva et joua la
fille de l'air. Une fois dehors il se dirigea vers les quais qui,
avant qu'elle ne s'endorme bordent la Seine. Espérant bien
trouver aux abords de son lit, sous les arches d'un pont un
fidèle archer qui en lui décochant un de ses traits, viendrait
biffer son nom et sa modeste existence. Mais tout ce qu'il y
trouva fut de l'archet un maître, lui jouant un de ses airs
qu'il avait récemment appris au violon. A moins que sortant
de sa nuit, un valeureux malfrat veuille bien venir mettre de
l'ordre dans les replis de sa conscience endormie, et dans
ceux de son inséparable cache-nez. Mais rien ne se passa !
L'eau glauque et noire du fleuve dans laquelle se reflétaient
tremblantes d'hésitantes lumières, rejetant ses avances le

regarda passer. Il était vraiment seul ! Aucun début d'aide, même pour en finir !

En bordure du quai, cela se passait la veille de ce jour, il avait rencontré un individu comme lui esseulé ; qui lui avait dit s'appeler Pierre ! Ayant constaté de Pierre malgré son âge peu avancé l'évident décrépi, afin d'agrémenter le haut de son cache misère, il lui avait offert son propre cache-nez. En le lui nouant autour du cou, ses doigts avaient eu le désir de serrer d'avantage ; mais il s'était repris. Car l'inconnu qu'il était prêt à aider comme il aurait voulu qu'on l'aide, bien qu'il portât le même prénom n'avait peut être pas comme lui la même envie de disparaître. Son étreinte fatale alors un instant envisagé en était restée là, sous le regard compatissant et entendu de l'être accidentellement rencontré. La pression de ses doigts s'étant relâchée, avant de s'éloigner il put lire alors dans les yeux de son homonyme, la parfaite compréhension de ce que lui-même attendait. Il avait ensuite monté l'escalier de pierre qui ne lui appartenait pas ; pas plus qu'à Pierre d'ailleurs qu'il venait de quitter ! Escalier, qui le rehaussant sur l'avenue lui donna un certain relief. Longeant le parapet qui pourtant n'était pas neuf, sa silhouette avait disparue dans un léger brouillard qui doucement, sans faire de bruit s'était levé. Avant de se coucher, il s'était dit que ce soir même si elle n'avait pas été concluante, il avait fait une bonne action. Et qu'il recommencerait demain, en mettant pour le coup un cache-nez plus chaud, car en cette saison les nuits sont plutôt fraîches !

Le lendemain à la même heure, il attendit en vain le métro apparu la veille ! Mais trop d'attente tue le lendemain qui jamais ne se résigne à être le suivant et surtout, plus lent que le jour qui le précède. Las d'attendre un métro qui avait dû à nouveau se faire ensevelir, il se résigna à faire à pied le parcours qui ne le menait nulle part. Aujourd'hui, la pluie dégoulinait des toits, rebondissant sur les trottoirs en sauts de grosses puces humides. Tout cela pour finir, en s'allongeant détendue le long des caniveaux, et enfin disparaître dans des bouches dégoûtantes. Bien que plus proche de l'hiver, bizarrement, aujourd'hui il faisait moins froid que la veille. L'homme ayant changé son cache-nez, arborait une ravissante écharpe de soie, qui lui avait été offerte par une bande de faiseurs de vers rencontrés il y a fort longtemps dans une magnanerie. Echarpe qu'il n'avait jamais mise, et qui depuis ces temps anciens dormait bien à plat dans un tiroir sur un lit de feuilles de mûrier. Il avait fait cet échange, pensant qu'il se ferait plus facilement écharpé. Extrémité qui lui paraissait impossible d'atteindre et de réaliser lui-même, étant avant toutes choses contre l'automutilation. Ne voulant donc pas se mouiller dans cette éventualité il avança, cherchant dans un premier temps à éviter les gouttes de pluie. Enfin, sortant un mini parapluie qu'il avait en permanence dans la maxi poche de son pardessus, il l'ouvrit ; prenant soin de garder au sec sa nouvelle écharpe. Profitant d'une éclaircie qui lui permis de voir où il allait, sous la pluie qui ne l'avait pas quitté et le poursuivait toujours de son étreinte humide, silhouette minuscule, il se dirigea vers le centre de la capitale. Plus pour s'abriter des éléments liquides que le ciel déversait sur son mini parapluie que par conviction, sur le boulevard il pénétra dans une galerie de pots de peintures. Ici point de cimaises, d'exposition ostentatoire de cadres accrochés, de toiles suspendues. Nous étions à l'avant-garde, de tout débuts, prolongements et achèvements de manifestations picturales ou simplement décoratives. L'élément basique de toutes représen-tions artistiques, ou pas, attendait patiemment le pinceau, l'esprit révélateur. Une multitude de préparations étaient alignées sur des étagères. Ce mélange de couleurs portées sur leurs supports ronds et métalliques, donnait un rendu du meilleur effet. Un nuancier était même accroché pour ceux qui n'auraient pas compris. Classiques et modernes à la fois, les tons satinés donnaient une étonnante maturité au manque de brillant. Et l'on ne pouvait que s'extasier devant le subtil dégradé de pots de différentes contenances. De modestes visiteurs, dont l'attente de vernissage était également en pots auxquels ils ne pouvaient prétendre à la suite d'un vernissage, se déplaçaient lentement modulant leurs discours, en diluant leurs pas et assurant leurs touches. S'arrêtant devant des chevalets supportant des rangées de contenants de peintures concentrées, en silence, presque religieusement, éclairés par de petites lampes halogènes, ils lisaient les étiquettes de certains d'entre eux vers lesquels ils se sentaient plus particulièrement attirés. Puis, les déposants du regard ils s'éloignaient alors, la tête pleine d'effets envisagés sous leur toit entre leurs quatre murs, abritant l'intérieur de leur vie quotidienne. Tout cela sous l'œil volontairement détaché de l'artiste présent dans ces rayons, affichant sur ses lèvres un sourire entendu ; en blouse blanche suspecte car dépourvue de taches de couleurs. Sorti de la galerie satisfait de sa visite, l'homme reprocha cependant à cet art surréaliste un manque de fluidité et de représentations imaginatives.

Dans le ciel, un arc s'était déployé. De peur de le voir se tendre et décocher une flèche, un timide et prudent soleil n'osait trop apparaître. La Seine qui n'avait pas fini de causer du tracas à ses berges noyées, charriait des péniches. Où, parfois des noyés passant près des péniches, n'avaient plus de tracas. Pour lui, la solution d'une envolée d'un pont n'était pas acceptable. Ne sachant pas planer, le contact avec l'eau serait des plus direct et des plus violent ! Et puis, il ne pouvait se résoudre de voler à autrui toute participation à sa propre disparition. Il avait jusqu'ici vécu en égoïste, et tenait au moins à partager l'instant avec celui de sa naissance, le plus important de sa triste existence. Lorsqu'il avait vu le jour, sa mère l'avait considérablement aidé. Lui vouant en plus de son amour une éternelle reconnaissance, il reconnut aisément que sans elle il ne serait pas là ! Sans parler de tous ceux qui autour d'elle l'ayant aidée à accoucher, s'étaient réjouis de son apparition. Témoins de sa venue au monde, il ne voit pas pourquoi au moment où il le quitterait, cela devrait se faire incognito sans aide et sans assistance ? Presque en catimini ?

Il est vrai qu'à présent et depuis fort longtemps il est adulte, et en rien nécessiteux d'une quelconque aide ! Mais l'est-on suffisamment face à l'inconnu ? Ce pas qu'il faut franchir remet tout en question. Et n'est-on pas aussi dépourvu que lors de sa naissance, devant cet infini qui s'ouvre à nous ? L'intérêt que lui portaient quelques connaissances, n'allait pas jusqu'à prendre en compte une assistance à sa définitive disparition. Devinant son projet, on s'était détourné de lui. Il aurait pu payer quelqu'un qui le liquide ! Mais n'ayant pas de liquidité disponible cela était impossible. Il était en plus et surtout, maladivement radin. Non !... Il fallait que cela soit fait dans l'ordre des choses, même désordonné. Que cela arrive simplement sans être préparé. Il était venu au monde naturellement, il fallait qu'il en sorte de la même façon sans que sa sortie en soit dénaturée ni soumise à un quelconque calcul aux opérations aléatoires. Et puis et surtout, il était croyant ; et le suicide n'arrangerait pas ses affaires avec l'au-delà. Déjà que dans ce monde il se sentait de plus en plus exclu, il ne voulait pas rater son entrée dans le suivant ! A partir pour un voyage dans l'inconnu, il était préférable que ce soit avec le plus d'atouts possibles. A nouveau dépité de n'avoir pu trouver une âme charitable voulant bien l'aider et le pousser à faire le grand saut, en sautillant de froid par des petites rues sordides, désertes, les idées de travers où le non-droit subsiste, une nouvelle fois il retourna chez lui.

Il pensa alors à toutes ces années passées ! Quand la pleine activé domine, on manque de temps, d'expérience, de réflexions. Pris dans un tourbillon d'occupations touchant à sa réussite on se disperse, on se consume peu à peu. On brûle une existence superficielle qui n'a de profond que l'amour qu'on veut bien lui prêter. Le partage n'est qu'utopie, tenu par un capital de vie qui jour après jour s'amenuise. Voilà aujourd'hui le moment où, sans calcul il peut véritablement apprendre, connaître, apprécier. Et pourtant il s'en défend ! Tout ce qu'il peut absorber, passe par son entendement. Sa perception n'en est pas moins sauvage, aventureuse, instinctive. Il n'accumule plus : Il filtre ! Il analyse ! Sans en exagérer leurs inutilités faisant fi des convenances, il part à la dérive ! Et cela le satisfait !

Le jour suivant comme certains jours précédents, il s'apprêtait à quitter ses bureaux situés dans un immeuble cossu des beaux quartiers de la cité. Il était ici établi comme notaire, depuis de longues années de douze mois chacune. A l'abri du besoin, surtout de celui des autres, il s'était détaché des affaires douteuses. Car sa tâche était en partie : Oter le doute aux personnes douteuses du rôle de sa tâche ! Ces personnes étant stimulées par des raisonnements a priori, issus de leurs méconnaissances du sujet ; et par conséquent ignorantes et craintives devant l'inconnu. C'est ainsi que de successions en successions, d'actes notariés en actes notariés, doucement, de minute en minute il s'éloigna. Laissant afin d'y voir plus clair, la succession de ses actes à ses clercs éclairés. A la longue, son cabinet était devenu un lieu qui manquait d'aisance et d'intérêts certains. Car il ne satisfaisait plus aux rejets de ses digestives opérations (intellectuelles bien entendu). Cet endroit ne le soulageant plus du poids qu'il portait en lui, il s'en détacha comme d'une tache sur un veston étriqué. Lui aussi jadis, avait eu une épouse. Comme de son cabinet il s'en était détaché ; lui reprochant la mollesse de ses propos inconsistants, opposés à la dureté de ses consistants à-propos. Par une agréable journée elle qui ne l'était pas, elle se fit la belle avec un très jeune amoureux dont elle était adulte avant qu'il ne fût né. Celui-ci était rénovateur de vieilles pierres et de constructions anciennes. Son emploi en ce domaine de restauration vu son jeune âge et son manque évident d'expérience, conférait à ce détrousseur de biens et de liens sentimentaux, un appétit assez limité en la matière. Le patrimoine architectural, en de nombreuses veines a du mauvais sang à se faire ! Mis entre les mains de restaurateurs pas toujours compétents aux ambitions parfois démesurées, il est susceptible d'erreurs dues aux matériaux employés et aux choix esthétiques. Le métier de restaurateur n'est pas facile. La valeur du chef à qui la réfection de l'œuvre incombe, fait qu'il ne doit jamais perdre de vue que la confection de la sauce peut avoir tendance à dénaturer le plat, au détriment du goût et de ses saveurs naturelles. Sans vouloir lui jeter la pierre, il espéra que son intervention sur les pierres de taille et les poutres apparentes, fut plus judicieuse que sur celle de son couple ; bien qu'il n'ait, il est vrai, qu'un sujet à restaurer. Ce qui ne l'empêcha pas vu ses propres sensations de dépit, de revanche et de ressentiments malgré lui habité, de leurs prédire à tous deux après avoir pris pleinement connaissance de leurs aventureuses propriétés, dans un laps de temps plus ou moins court, une existence sur le pavé. Car les vieilles pierres c'est comme les vieilles peaux, elles n'ont pas longtemps nourries, satisfaites et résistées à leurs équarrisseurs ; de tissus urbains ou autres ! Afin d'arrondir les angles, avec sa femme après avoir trop rapidement convolé, convaincus l'un et l'autre d'avoir découvert la perle rare et finalement compris que la rareté n'est pas uniquement perlière, ils divorcèrent. Chacun fit sa route ! Elle dans ses pierres par le temps érodées, lui hors de ses murs héros dès que la nuit tombe. Murs dont il restait prisonnier le moins longtemps possible. Ce qui expliquait ses sorties en tous lieux, par tout temps et en toutes saisons. Il fallait bien que cette condition de liberté qui lui était offerte serve à quelque chose ! Avec l'avantage : que ses comptes il les gardait pour lui sans avoir à les rendre, ni à en dévoiler les subtiles additions. Ces sorties lui donnaient aussi l'occasion de se fondre dans la nuit telle une effervescence en milieu aquatique ; de côtoyer des ombres inconnues chinoises ou autres, silencieuses et muettes. Son espace vital s'en trouvait agrandi ; car la nuit fait peu de place aux badauds, aux passants, aux touristes égarés, et laisse libre cours à tout imaginaire. Paradoxalement : les trottoirs paraissent moins étroits et les chaussées plus larges. Les bars sont des repaires repérables, car bien qu'artificielle la lumière sortie des ténèbres, jaillit un peu de nulle part. Le jour, le flux auquel il se mêlait était comme le sang d'un cœur qui battait, alimentant les artères de la capitale. Mêlé à ce trafic il se sentait rassuré, faisant partie d'un tout, d'une entité au destin identique, inexorable et heureusement incontrôlable. Se confondant à cette mélasse composée de formes humaines ignorantes et résignées, il se perdait dans ses dédales et ses contradictions. S'abreuvant de néant il se saoulait de rêves, d'inexactitudes consenties, de provocantes libertés. Par chance, il n'avait pas eu d'enfant qui eût été l'aîné de ses soucis ! Et même lors de ses châteaux en Espagne, ''infanter'' lui-même en des enfants puînés, ne l'intéressait pas. Sur le coin de son bureau, était posé le bronze d'une danseuse espagnole lui servant de presse-papiers. Les documents qui n'étaient pas pressés attendaient dans un tiroir, gonflant dans leurs attentes des chemises de jour comme de nuit de différentes couleurs. Il avait justement gardé de séjours dans le sud de l'Espagne, des images de torrides corridas.

Après que le soleil eût déversé sur les gradins des arènes des cascades de feu, à ''las Tardes'' venait s'amonceler une flopée de fidèles ''Aficionados''. Spectateurs exubérants, exigeants, pour certains connaisseurs ; constituant aussi de la ville le gratin, qui refroidissait sur les gradins à l'ombre. Les femmes andalouses, derrière leurs inséparables éventails qu'elles déployaient d'un mouvement sec du poignet et employaient à tout propos, mettaient des taches brunes dans la lumière dorée de ces fins d'après-midi. Lorsque au milieu du sable de cette plage assaillie de vagues humaines, apparaissait la bête en robe de deuil, entourée d'une foule hurlante de ''Olé ! '', il ne pouvait s'empêcher de ressentir pour l'animal une poussée d'intérêt et de profond mimétisme. Tout ce qui tournait autour, n'était qu'accessoires de mort dans un décor depuis longtemps programmé. Ce qu'il avait retenu de cette mise en scène en plus de l'apparat, voulu, organisé, était l'attente du taureau pour son inéluctable fin. Il y pense à présent et tout ce qu'il recherche, c'est ce dernier contact inconnu, mais fatal. Pourtant tout ne se déroulait pas toujours comme l'eût souhaité une mort propre et digne. Du moins pas pour celui dont on attendait l'exploit. Des hordes d'étrangers venus du nord, affichant leur ignorance des rites du combat, poussent à contretemps de désolants ''Olé'' ! Etrangers remis à leurs places par le service d'ordre pour leurs tenues légères olé olé, et leur entorse à la bienséance. Puis tout rentre dans l'ordre, jusqu'au silence général et succinct précédant la mise à mort.

Le naseau écumant, la corne meurtrière, la bête voit du rouge qui s'agite à trois pas. Elle puise du sol cette dernière force qui la maintient debout. Sa tête s'est levée ! Soudaine, inattendue, sa corne accroche alors un habit de lumière qui danse dans l'espace et tombe sur le sol ; le reprend à nouveau, l'agite en tout sens. Un sang se mêle au sien ! Une plainte s'élève ! La foule est debout ! Des cris ont retenti ! Le taureau est content car ses sabots piétinent un corps inanimé sur le sable étendu. Il tournoie sur lui-même car d'autres sont venus secourir le gisant, l'homme qui est à terre. Le public est venu voir du sensationnel ? Il leur en a donné, il est content de lui ! Ses blessures s'estompent, sa force lui revient. Tout là-haut dans le ciel le soleil lui sourit et ses cornes à nouveau sont nimbées de lumière. Après des cris d'effroi il entend des bravos ! Et ne s'aperçoit pas que là-bas dans son dos, un autre matador est entré dans l'arène. Le soir sur les ''ramblas'' la foule se promène, argumentant les combats de cet après-midi. Ne pourrait-on un jour la voir dans des arènes, entourée de taureaux aux ardents appétits ?

Le voilà à nouveau dans la rue. Habituellement il fait la route à pieds. Aujourd'hui exceptionnellement il prendra un taxi, bien que ça lui en coûte de payer pour une course dont il n'est pas le gagnant et qui ne lui apporte aucune satisfaction ; surtout pas celle de précipiter le temps ! Pourquoi faire des frais quand on peut s'en passer ? Les frais nécessitent un emploi d'argent qu'il est préférable de dépenser pour soi plutôt que pour autrui. Il n'aime pas le voir ainsi changer de poche. Surtout si cet autrui est un inconnu. Mais ce soir, cela a moins d'importance. Aujourd'hui c'est sa fête ! Ou son anniversaire ! Enfin il ne sait plus ! Le froid est revenu, insistant, envahissant. Son cache-nez en laine à retrouvé sa place tout autour de son cou. Malgré cette attitude cavalière, dans le taxi il s'est assis devant. Position bien inhabituelle, qu'il vaut mieux cependant prendre en toutes circonstances ; afin de pallier tous défauts de conduite et de direction.

Le chauffeur, ainsi que les feux qui brûlent à l'arrière lui apporte un peu de chaleur. Sans compter ceux qui se trouvent le long de l'avenue. C'est toujours ça de gagné ! Pour un peu, il retirerait son pardessus. Mais attention ! Si le chauffeur soupçonnait son bien-être, il pourrait lui augmenter le prix de la course, en larmoyant afin d'obtenir un pourboire conséquent qui vu la situation il serait en droit d'espérer. Il vaut mieux prévenir et durant le trajet, faire celui qui claque des dents. Il a appris depuis fort longtemps que le fait d'être mécontent facilite bien des choses. Et que dans certaines situations cet aspect rébarbatif peut représenter un petit avantage. « On attaque moins facilement la croûte que la mie ! » Surtout lorsqu'on manque de mordant ! Alors que d'habitude il grignote un morceau en rentrant chez lui, ce soir à l'occasion de sa fête ou de son anniversaire… enfin il ne sait plus, il veut changer ses habitudes et rentrer chez lui après avoir grignoté un morceau. Il est prêt à toutes les folies, en espérant toujours que ce soient les dernières. Après avoir réglé son taxi en ayant pris la mesure de ses feux éteints à l'aide d'une règle trouvée sous le siège avant, sans laisser de centièmes parties supplémentaires comme pourboire à la somme réclamée ce qui aurait été superflu car il ne fallait pas inciter les gens à la boisson, il remercia le chauffeur qui n'avait plus rien à chauffer. Le choix du restaurant fut chose aisée ! Il évalua à l'entrée le poids du menu affiché et choisit le menu le plus menu, dont le plus léger, et par conséquent le moins cher !

A l'intérieur, des clients attablés préservaient de leurs bras allongés sur la table le contenu de leur assiette ; car autour d'eux rôdaient des enfants faméliques. Le patron tentait de les chasser comme on chasse les mouches posées sur un visage, à grand coups de kleenex ou de démaquillant. Partielle allégorie du monde des nantis aux ressources bien pleines, sur celui du pauvre tiers aux estomacs bien vides ! Il s'installa dos au mur prévenant toutes attaques. A ses pieds se lovait une femme apeurée, craignant du patron des propos licencieux qui auraient eu les effets d'une bombe glacée. Bombe dont elle redoutait les éclats de voix. Il tenta de la protéger en la cachant dans les replis de sa conscience, et dans ceux de son pardessus. Mais par-dessous, elle lui mangea une partie de ses chaussettes. Comme quoi, il est ardemment difficile de prendre parti. La faim ne justifie pas toujours les moyens ! Surtout pour les personnes nanties et rassasiées. Bien que tout le repas manquât de sel, la note relevée lui emporta la bouche. Il dût boire en entier le contenu de la carafe d'eau pour retrouver une douce haleine ; comme celle imaginée du panneau publicitaire que l'on peut voir à l'extérieur. Où, sur le trottoir, un colleur d'affiches muni d'une brosse à long manche, nettoie dans le bon sens les dents de l'image d'une fille au large sourire, qui se trouve sur le panneau. Ayant fait le plein de calories et de vitamines, choses auxquelles on ne pensait pas en temps de guerre car en ce temps là le guère étant synonyme de pas beaucoup, on se contentait de peu. Il se retrouva dehors ! Il est quand même assez bizarre, que lorsqu'on n'est pas dehors, c'est qu'on est dedans ; et vice versa ! Décidément il y a là un manque évident de choix ! Il marcha le long du boulevard, sur un trottoir qui sans passant ceinturait de hauts immeubles. Sortant de l'ombre des lampadaires éteints, il vit une silhouette aux contours avantageux s'approcher de lui. Portant une cigarette à ses lèvres, elle lui demanda du feu. Elle avait les yeux outrageusement charbonneux et une bouche qui ressemblait à un pot débordant de confiture. Il vit tout cela dans un halo de lumière lunaire. Alors pensez ! Sous les feux de projecteurs ? N'aimant pas la confiture, fut-elle de groseille et n'appréciant que les yeux nature, dans une passe de toréador il évita le plantureux obstacle. Ce qui dans son dos déchaina un chapelet d'injures, qui l'accompagnèrent jusqu'au coin du boulevard dont il s'empressa de prendre l'angle droit et d'en tracer la tangente. Ceci afin d'échapper à ce flot intarissable d'invectives. Plus loin il vit un jeu de boules ; de boules multicolores et lumineuses dépliées en guirlandes pour une fête foraine. Des marchands de beignets, de frites, de pizzas, haranguaient les passants par de brefs discours huileux. De gras papiers jonchaient le sol, laissés par des fêtards en goguette qu'on suivait à la trace. Devant les autos tamponneuses, des restes de hot-dog, de canettes écrasées. Plus loin, vers les parcours de rapides chenilles, sur les marches de bois qui leur donnaient accès, se trouvaient des cornets en partie écrasés de glace au chocolat, pistache et vanille. Des crêpes déposées sur des poubelles pleines, des pommes d'amour une ou deux fois mordues. Des crèmes renversées, des gaufres chantilly sur trottoir répandues, des chiques abandonnées. Profusion de gâchis, excès de nourriture décomposée au nez et à la barbe à papa. Il ne pût s'empêcher de penser au lieu où il s'était coupablement restauré et à tous ces malheureux. En se demandant si ce genre de kermesse existait dans certains pays d'Afrique et dans les états sous-développés. Il ne put s'empêcher de lancer avec force un non vigoureux ! Les personnes autour de lui le regardèrent, et en opinant du chef ensemble acquiescèrent. Tout le monde étant tombé d'accord, l'incident fut clos. Il erra un moment parmi de nombreux stands. Il s'arrêta devant l'un d'eux où il pu voir armés d'un fusil, certains fêtards s'ingénier à casser leurs pipes. Seuls les plus adroits ou les plus chanceux y parvenaient. En ce qui le concernait, n'étant pas très adroit à ce petit jeu, la chance le fuyait. Ayant quitté cette zone de lumières, de bruits et de consommations fugaces et superflues, il passa devant un imposant panneau sur lequel tentaient désespérément de s'agiter d'immobiles palmiers, sur fond de ciel bleu et de mer turquoise. Merveilleux voyages dans les îles ! Vacances inoubliables !

Il se souvient ! Les rares fois où il avait quitté Paris, de séjours passés sur les plages de l'Atlantique. Le doux grain du sable faisait s'allonger sur la plage en vagues mouvements, de blancs baigneurs en rangs de frites. Avant de les rougir avec difficultés, le soleil souvent voilé les faisait s'enduire le corps de corps gras à bronzer. Savant alliage d'étain et de cuivre, conditionné afin de mettre en condition favorable les nouveaux exposants. Beaucoup plus au sud, en des temps forts anciens, au tout début sur un autre continent, des femmes en bord de plage, le dos courbé, à l'aide de rouleaux de vagues, confectionnent de petites galettes de pierre dont se régalent les enfants qui les suivent. Pratique qui s'est étendue jusqu'à des îles lointaines, formant chez certains mammifères l'ordre des édentés. Galettes dont bien plus tard se sont aussi inspirées les femmes bretonnantes, en les rendant au fil des siècles plus légères et plus consommables ; transformées en aliment conventionnel dont se régalent leurs conciliants maris rentrant au petit matin, après avoir sur un lit mouvant et froid pêché durant de longues nuits auprès de troublantes sirènes. Pour en revenir aux créateurs de ces premières galettes, ils en mangèrent tellement, qu'on retrouva à Pâques dans une île pacifique, certains de leurs géants descendants ; sans jamais savoir comment ils furent remontés. Et que dire de ces formes pyramidales retrouvées en Egypte ? Qui furent d'abord construites en bois ce qui explique en partie la déforestation du lieu, et où une fois montées elles se pétrifièrent devant la connerie des hommes. Suite logique de la tour de Babel, départ de monumentales et inoubliables prétentions. Allant à l'encontre du fait : que lorsqu'on naît petit, on le reste ! Cette ambition bien sûr se propagea dans le temps, nourrie par de retentissantes guerres. Prouvant s'il était nécessaire que, guerre comme pierre qui roule depuis fort longtemps ne ramasse plus rien. Mais les hommes ne s'en soucièrent guère ; et de guerre en guerre bâtirent leurs empires, voués à la destruction, destinés à la poussière.

De l'âge de pierre découla toute une suite d'excuses et de quiproquos. De la pierre philosophale à la pierre angulaire qui permit de partir dans tous les azimuts. En passant par ce minéral appelé pierre précieuse qui selon leur taille, décupla chez les hommes petits, leur grande cupidité. Et qui de la pierre à feu les mena à la pierre à fusil. Espérant que tout cela ne se termine par une pierre d'achoppement. Plus près de nous ces monuments mégalithiques, représentation des énigmes que les hommes entre eux se posent et dont leur intelligence n'est pas toujours prête à en trouver une explication rationnelle. En s'excusant du style lapidaire de ses pensées, il ne put s'empêcher de penser aux inscriptions du même style gravées sur des stèles, suite à la folie meurtrière des hommes ; qui elle, résiste au temps !

De ces hautes falaises plongeant leurs incisives dans la fureur des flots, qui mangent ses rochers polis comme ses galets devant les vagues écumantes de rage, qui pourtant haussent le ton et souvent les maltraitent ; on voit passer au loin navigants de l'extrême, des formes de bateaux que ces flots font tanguer. Mais la mer est cruelle et revendicatrice. Ce qu'on lui prend un jour, elle le reprend des deux mains. Demain étant le jour où elle est en colère : Adieu ! Frêles esquifs et imprudents baigneurs !

A cette époque, notre notaire était jeune et amoureux. Les empreintes de ses pas sur le sable mouillé, se mêlaient à d'autres empreintes plus légères, plus menues et allaient de concerts. Quelques années plus tard, les mêmes empreintes renouvelées se suivaient d'assez près à très courte distance. Puis deux mètres les séparèrent, puis quatre. Et puis entre elles un jour, ce fut un océan. Aujourd'hui sur la grève les pas qui sont marqués, sont des pas inconnus que la marée efface. Un jour par grande marée, la mer ira si loin qu'elle ne reviendra pas. Cela par punition pour tous ces acrobates, ces pollueurs des fonds, infâmes charlatans. Qui dégazent leurs cuves en pourrissant l'espace, et salissent les ailes blanches des goélands. Ainsi est la nature, au-dessus des humains. Affable, belle et généreuse. Mais faites que ne la gagne la colère un matin ; car du soir ne verrez plus les feux des étoiles.

Revenant de ses souvenirs lointains, il passa sur les grands boulevards devant les terrasses des cafés. De nombreux clients dans leurs cages de verre, paraissaient attendre que des passants veuillent bien leur jeter quelques cacahouètes. Ils avaient l'air triste, désabusés, résignés. Dans leur bulle carrée un verre devant eux, ils regardaient passer ceux qui étaient dehors semblant les envier, et qui les mains dans leurs poches cherchaient des cacahouètes. La circulation était dense car la danse comme venue de Provence, faisait autour de l'arc de triomphe les voitures farandoler. L'asphalte mouillé de pluies, reflétait des feux d'oranges tantôt rouges, tantôt vertes. Les automobilistes tentaient de se protéger des piétons sur leurs passages qui les regardaient méchamment ; et blottis derrière leur volant à l'abri de leur habitacle, ne s'en sortaient pas trop mal. Sur le trottoir, des kiosques à journaux vendaient des canards muets dont on avait coupé les ailes et les cordes vocales. Ils se trouvaient imprimés, comprimés dans des cages métalliques ou présentés en piles, face à leurs lecteurs ; offrant à la une des manchettes aux curieux portants chemises, et même à ceux qui n'en avaient pas. Dans les vitrines, des magazines frappaient à la vitre pour pouvoir en sortir, tentant d'inciter leurs libérateurs par les suggestives photos de leurs couvertures, alors que des passants pressés, aveugles, indifférents, passaient devant sans s'arrêter. Aux sorties des bureaux et des grands magasins, l'animation était plus vive. Ceux qui durant des heures avaient été confinés derrière des dossiers en attente, ou des banques désargentées en attente elles aussi, étaient grandement et prestement jetés à la rue par la petite aiguille de leur horloge biologique. Ils étaient pressés de rentrer chez eux retrouver leurs petits écrans qui, devant leur assidue et grandissante progéniture, distillaient en goutte à goutte des nouvelles pas très

24

réjouissantes. Il aimait sa ville, ces rues animées et ces mouvements de foules résignées et anonymes. Cependant promptes à sortir de leurs torpeurs et prêtent à se fourvoyer dans tout rassemblements contestataires ; pourvu qu'ils aient à leurs têtes un authentique et habile leader.

Il avait aussi connu le sud de la France et ses rivages de Méditerranée. Il avait apprécié l'heure où la mer vient jouer à l'ombre de ses châteaux de sable abandonnés. Où les estivants quittent les plages, emportant un peu de leur sable entre leurs doigts de pieds.

Enfin on se repose ! Les petits poissons retrouvent le calme de leurs espaces, depuis le matin envahis par des enfants qui chahutent, des moteurs qui vrombissent et des planches qui après avoir passé, repassent. A l'ombre quasi inexistante des palmiers en perte de palmes, qui pour leur être restituées devront faire du cinéma, sur des bancs de pierre froide qui endolorissent leurs fesses à moitié refroidies, des couples de personnes âgées écoutent sans parler le bruit que font les vagues. Et puis, en fin d'après-midi, le temps qui prend son temps fait rouler quelques boules sous les platanes verts. Enfin c'est l'apéro ! A l'ombre des terrasses quand le chant des cigales vient donner le tempo, l'eau des verres se teinte de jaune aux arômes d'anis. Tout cela l'avait enchanté et ravi ! Et il lui arrivait souvent de feuilleter dans sa tête les pages de cet album de souvenirs… Le soleil sur la mer lorsqu'on rentre le soir. L'encre violette et bleue avant que ne se fonde le ciel à l'horizon. La route sous la lune, où scintille l'argent laissé au casino sur le vert des tapis. Les lumières au lointain d'une ville qui dort. La haie de tamaris sur le bord de la plage, où des ombres s'enlacent avant de se lasser. L'immensité des flots sous un ciel bleu marine, où passent à l'horizon les feux d'un paquebot. Et au petit matin ce souffle imperceptible, qui vous fait frissonner d'une nuit d'insomnie.

Pour remonter sur Paris il dut se rendre à la gare ferroviaire, car c'était là que passait le train. Debout sur le quai, il le vit arriver et s'arrêter dans un gigantesque panache de fumées qu'accompagnaient de bruyants vomissements de vapeurs. Apparemment, la machine comptait bien totalement se lâcher durant ce parcours, car c'était son dernier voyage. Après de longues années de bons et loyaux services, la locomotive devant être remplacée par une autre, différente, en vue d'un avenir beaucoup plus rapide et moins polluant. De nombreux voyageurs, représentaient les derniers passagers de ce mode de traction de plus en plus vaporeux dans les brumes du temps. Les imprimant sur pellicules, certains d'entre eux, tenaient à faire le plein d'images de cette fabuleuse épopée ayant vue le jour au siècle dernier. Alors que d'autres parmi les voyageurs, se contentaient de demander au chauffeur et au mécanicien des autographes. Autographes que ces derniers distribuaient, accompagnés d'un morceau de charbon en guise de souvenir. Chacun y allait de sa tape dans le dos et de son verre de vins ; différents, suivant les régions traversées. Le rosé, le blanc et le rouge se succédant, heureusement que sur la voie les virages dangereux avaient été redressés ; ceci en prévision de l'état noirci du personnel de bonne conduite. Ces ébats faits de félicitations et d'encouragements terminés, le convoi tant bien que mal poursuivit sa route. Pour atteindre Paris, le train ne mit pas moins de vingt quatre heures. Cela, vu la répétition de ces identiques remerciements dans chaque gare où il s'arrêtait. Ici, un déploiement de banderoles ; là, une fanfare en bordure des rails dont certains exécutants se faisaient exécuter, happés par les roues de la machine. Ce voyage fut le plus long et le plus émouvant que connu la compagnie ferroviaire. De chaque côté des voies des vaches se posaient des questions. A tel passage c'était le rassemblement de gardes-barrières en pleurs, craignant de ne plus être à niveau. A tel autre un chef de gare et son drapeau en berne, avec en lui l'espoir envolé de participer à ce dernier parcours. Des voyageurs descendant du train en marche voulurent démonter des rails et les emporter sous forme de reliques. Puis, chose extraordinaire qui ne s'était jamais vue auparavant : un tunnel dont le nom sera tu, dans lequel le convoi s'était engagé, n'en finit plus de s'allonger afin de retenir le plus longtemps possible celui qui en lui était entré. On ne sût jamais ce qui s'était passé dans le noir ! Mais au bout de deux ou trois heures, retrouvant la lumière du jour la machine en était ressortie toute émoustillée. Lorsqu'arrivant à Paris, le train, une ultime fois s'arrêta poussif et essoufflé en gare de Lyon, on trouva accrochés à ses portières deux chefs de gare mal en point. On ne put savoir s'ils étaient là par accident, en voulant au passage caresser d'un peu trop près leur rêve, ou volontairement, en voulant faire avec lui son dernier voyage. A l'époque, cédant à la volonté et aux conditions des réseaux électrifiés qui prenaient la relève, tous les actes de ces événements qui se déroulèrent dans une allégresse générale, ponctués de sympathies et de drames amoureux, furent mis sous le boisseau.

C'est ce qui arriva à bon nombre d'événements occultés, touchant à la mise au placard de réalisations considérées comme étant caduques, désuètes, périmées, émanant d'un passé trop vieillot en manque de savoir. Tout cela bien sûr, au profit du progrès pas toujours à son avantage aux rendez-vous de ses bouleversements. Toutes ces transformations étant définies, conçues, élaborées en vue de notre bien-être dans un proche et lointain environnement. A aller dans ce sens, on en oublia trop vite : le chant des essieux propice à une douce somnolence, dans le soir qui tombe le cri soudain de la locomotive enrobé d'un panache de fumée, et par l'ouverture d'une glace en partie baissée, les odeurs de la nuit et le vivifiant air frais qui vient caresser les avant-bras et fouetter le visage. Tout ce manque de futilités légères, passagères, nous propulsent vers un monde concentré dans un immense bocal aseptisé, bien à l'abri de son proche environnement. Une fois disparues toutes ces jouissances sensorielles qu'elles soient : auditives visuelles et autres, il ne restera plus pour retrouver ces plaisirs anciens, que de partir pour des voyages aventureux à la recherche d'autres espaces ; où la modernisation nettement en retard n'aliène en rien les droits à la nature, à la liberté, à une autre forme de bien-être à jamais évanoui. Voilà quelques insignifiants sacrifices que le confort exige ! Mais sommes-nous aptes à les accepter sans porter atteinte à notre intégrité naturelle. Rien n'est moins sûr ! Insidieuses sont les habitudes que l'on se forge, que l'on accepte, que l'on développe au détriment d'une simplicité et de son lot de sentiments oubliés. Les jours qui passent ne peuvent être réinventés. Les ardoises une fois effacées, sont en attente de nouvelles opérations ; opérations qui en oublieront leur initial présentoir, pour des supports adaptés à leur temps, leurs ambitions, leurs rêves !

Le progrès mal apprécié et mal contenu, a entre autre permis d'imposer : la déforestation à outrance. La pollution des mers et des fonds côtiers. L'empoisonnement de l'air par ces échappements de gaz qui empestent et minent notre atmosphère. La contamination de nos rivières par les rejets de ces foutus usines. La prolifération d'insecticides pour le bien être de nos cultures… extermination de la faune et de la flore par l'épandage de tels produits, qui ne manquent pas également de souiller la chaîne alimentaire. L'asservissement et la dépendance des peuples, tenus par l'enrichissement de certains sur le dos des autres. La course à l'armement…etc. Tout cela nous le devons en grande partie à toutes ces dérives issues du progrès, qui en réalité dans l'état où il est conçu et dispensé, tend à nous appauvrir.

A quoi est due paradoxalement cette inertie symptomatique des peuples ? Si ce n'est à cette marche en avant qui prend des allures de fuite. A cette incompréhension et cette persistance à se voiler la face, à se tourner le dos, à se déconstruire ? Il ne faut certes pas oublier les bienfaits des sciences ; de ses hommes fondateurs, apportant à notre humanité tant de découvertes et de notoires avancées. Ils ont de leur temps repoussé une forme d'obscurantisme, d'immobilisme, de régression. Cela ne s'est pas fait sans regrettables exactions, sans folles croyances sectaires et répressives. A l'entêtement de certains à nier l'évidence, aux profits d'une quelconque vanité appartenant à d'aveugles pouvoirs. Si la nature humaine par son actuel comportement peut en partie disparaître en accélérant le mouvement de son auto-destruction, il est vrai que parallèlement, ses découvertes scientifiques et ses avancées, ont contribuées au mieux être et à l'évolution positive de son existence, sa durée, déplaçant vers le haut le curseur de son niveau de vie. Encore faut-il que cette évolution concerne tous les peuples et toutes les couches sociales réunies dans un même creuset. Le capital génétique depuis des millénaires en nous accumulé, doit servir à l'humanité toute entière. Nous avons la chance de vivre sur une planète où tout est réuni pour donner essor à la vie ; par ses ressources énergétiques qui ne sont pas inépuisables. Heureusement, les sciences et le génie humain sont là pour y pourvoir. Il faut dont croire en la sagesse, au retour à de meilleurs sentiments et aux hommes de bonne volonté. Là est notre salut et notre unique recours.

Lorsqu'il passait à son cabinet, le moins souvent possible mais ça lui arrivait ne serait ce que pour soulager quelques problèmes de vessie, il feignait de s'intéresser à quelques notes, quelques dossiers. Afin de voir si la température de l'étude était toujours la même, ne pouvant autrement le faire il sondait du regard les secrétaires. Mais celles-ci n'étant pas sensibles à ses interrogations, il préférait en fin de compte fermer les yeux. Ce qui lui valut à plusieurs reprises de rater les deux marches qui donnaient accès à son bureau. Il appréciait par contre la sollicitude que lui portait la personne qui le secondait. Un jeune mâle pas très grand, aux poils roux, au corps frisant l'embonpoint surmonté d'un visage rubicond, doté d'une démarche hésitante ; ne sachant jamais s'il devait vous suivre ou vous précéder. Cette manière empruntée de régler son allure, l'amusait et le réconfortait. Ce jeune homme par contre, avait de grosses qualités d'aptitudes au travail et de ponctualité. Qualités qu'il appréciait chez les autres, d'autant plus que lui-même les avait depuis longtemps oubliées. La seule chose qui pouvait le mettre mal à l'aise contrastant avec sa propre calvitie, était de ce personnage son abondante et flamboyante chevelure, qu'il véhiculait et arborait telle une torche. Son possesseur pour en atténuer les effets se disant blond vénitien, était le seul à s'en convaincre ; bien que cela ne soit pas entièrement faux. Il est vrai qu'en été en fin de journée, lorsqu'il lui arrivait de sortir sur le balcon respirer disait-il l'air de Paris, à travers les rideaux tirés à la tombée du soir, on avait la nette impression d'assister à un coucher de soleil sur la lagune. Après avoir fait don à l'étude de sa furtive mais indispensable présence, il descendait le large escalier négligeant l'ascenseur qui ne pouvait que l'aider à s'élever. Ayant jeté un rapide coup d'œil à la plaque de métal doré où était inscrit : "Maître Pierre VASSALECQ Notaire", plaque qui à ses débuts attirait d'avantage son attention et sa stupide suffisance, il se retrouvait sur l'avenue ; maître de ses décisions et de ses errances.

Aujourd'hui, ses pas l'ont mené sur la plus belle avenue du monde. Le mois prochain sera veille de fêtes ! Des milliers d'oiseaux viendront comme chaque année, déposer des petites boules sur les branches des arbres. Ils feront ça au petit matin avant cinq heures ; à l'heure où Paris n'est pas encore éveillé, car personne ne les verra. C'est marrant ! Ces petites boules quand tombera la nuit illumineront toute l'avenue. Plus tard elles disparaîtront, emportées subitement par le vent qui les emmènera en d'autres lieux. Mais elles reviendront ! Et qui sait ? Peut être pour nous apporter un jour un nouveau siècle de lumières qui, malgré ses vicissitudes inhérentes à son tumultueux passé, aura au moins le mérite de nous éclairer et de nous montrer la voie à suivre. Dans une classe universelle où l'humanité serait assise sur un banc d'écolier, sa place ne serait certainement pas parmi les bons élèves. Sa difficulté à retenir les erreurs et les leçons du passé, sa tendance aux désordres plutôt qu'à la sagesse, son incitation aux pouvoirs, préférée aux partages, ses chahuts, son indiscipline, sa mémoire défaillante, en ferait un élève maintes fois recalé. En fait, le monde a mal à son universalité ! Et son remède en est resté au stade d'éprouvette. Pour le moment à l'Etoile, la bouche de métro après les avoir avalés, rejette des promeneurs. Voulant éviter cette absorption et ce vomissement qui lui parut malsain, il traversa au passage qui autrefois était clouté et changea de côté. (Clous ! Ceci dit en piéton passant, qui auraient dû être posés à l'envers pour certains automobilistes récalcitrants.) Après avoir longtemps dérivé, il se retrouva sur les bords de la Seine.

De nombreux bouquinistes aux étals de cultures, forment un train de connaissances que bon nombre de passants distraits ne prennent plus, même pas les attardés ! Venant d'épaisses et vieilles couvertures, de livres blottis les uns contre les autres comme pour se protéger, suintent des essences de découvertes, de savoir, d'aventures et de rêves. Mais certaines de ces essences bien qu'étant de nature profonde, se laissent emporter dans un épais brouillard d'esprits éthérés. Peu de chalands intéressés ! Les seuls qu'on puisse apercevoir animés par un clapotis de vagues, sont tenus par des amarres en bordure du quai. Quand aux autres ceux qu'on ne voit pas, ils préfèrent exécuter une danse par médias imposée. Fatigué d'avoir longtemps marché, passant sur un pont il s'est arrêté. Les avant-bras en appui sur la rambarde il regarde sa ville. Vu son âge et le temps passé auprès d'elle, il peut la faire sienne ! Il entend ses plaintes assourdies et ses rumeurs. A intervalles réguliers et répétés, lui parviennent les cris d'une complainte de sirène. Ce doit être une urgence ! Peut être une fin de parcours ? Montant des grands boulevards, des feux sont absorbés par le buvard mauve du ciel. Des taches de quartiers, des pâtés d'immeubles, sont par la nuit épongés. Juste au-dessous de lui, la Seine se fait un sang d'encre, de peur d'être elle aussi absorbée à son tour. Et de nombreux stylos à billes lumineuses, s'échappent en éclairant les berges le long des quais déserts. Le froid de son bras entoura ses épaules et il frissonna. Il remonta le col de son pardessus, rajusta son cache-nez et après être rentré chez lui fourbu, il se coucha ; refermant ses paupières sur la nuit qui envahissait sa chambre.

… Le pont se mit à faire le gros dos, rejetant de chaque côté les voitures qui sur lui s'étaient engagées. Sur les berges, il désaimanta une après l'autre ses attaches et ainsi libéré, cahin-caha il remonta sur Seine. Entre ses jambes, passaient des bateaux chargés de mouches passagères qui n'en croyaient pas leurs yeux à multiples facettes. Elles auraient à en raconter de retour dans leurs provinces ! Chemin faisant, le pont en goguette rencontra le vieux pont neuf qui comme lui, ayant marre de ses amarres les avait rompues. Plutôt que de se faire à nouveau emballer par un inconnu, il accepta de faire en la compagnie d'un ami rencontré, un bout de chemin. Ensemble, arche dessus, arche dessous, ils allèrent dire bonjour à leur jeune cousine, demoiselle de fer qu'Eiffel fit construire. L'invitant à se joindre à eux, elle resta plantée sur ses quatre pieds métalliques et dédaigna leur offre. Il est vrai que lorsqu'on est une tour, on prend garde ! Ne serait-ce que pour défendre la dame capitale d'une invasion barbare. Vue ses qualités de parfaite émettrice, elle préféra continuer d'émettre. Cette nuit était vraiment spéciale ! Ils s'amusèrent même à jouer à saute ponts. Mais leur escapade fut de courte durée. Dénoncés par des sans-logis qui n'acceptaient pas d'avoir perdu leurs abris, ils durent regagner leurs emplacements initiaux. Cette échappée sauvage fut figée par la pierre. Et pour éviter de faire à nouveau le zouave, on leur en donna un immobile et muet…

Lorsqu'il se réveilla la tête encore pleine de rêves de ponts, de fugues et de liberté, il resta un moment assis sur son lit à remettre de l'ordre dans ses idées. Cette suite d'événements mêlant le passé et le présent, ne pouvait se concevoir et s'organiser que dans un milieu onirique, faisant l'apologie de l'immobilité et de l'inertie en quête de révolution. Nu dans sa salle de bain, il jeta un œil critique à son miroir qui ne lui renvoyait qu'une image désobligeante. Dépité, il préféra aller noyer ses matinales visions en disparaissant sous la douche. La pomme d'où lui arrivait l'eau heureusement dépourvue de pépins, étant percée de petits trous fait par des becs fins d'oiseaux, sentait bon les herbes de Provence. Région dans laquelle il aimerait plus tard se retirer. En réalité arrivant d'on ne sait où véhiculées par un courant d'air passager, ces senteurs lui parvenaient par la fenêtre restée entrouverte. Après avoir fait ses rituelles ablutions, vêtu de sa robe de chambre il se dirigea vers la cuisine. La bonne avant de partir, avait préparé sur la table comme toujours soucieuse de sa santé, un petit déjeuner composé : de beurre, de laitages et de confitures. Il ne le prit pas ! Car il avait horreur qu'on lui impose quoi que se soit ! Excluant toutes considérations pour cet étalement de victuailles propice à son embonpoint, par manque de cafetier c'est la femme de ce dernier l'électrique cafetière, qui en croassant lui donna un café, noir comme aile de corbeau. Il le prit sans sucre, par économie. Il n'irait pas jusqu'à dire qu'il avait une mauvaise bonne ; car la bonne persistante dans ses idées, n'étant ni nourrie ni logée était en réalité une bonne bien bonne, lui rendant de bons services. Et cela suffisait à son petit bonheur ! Elle venait plusieurs fois par semaine, œuvrant au bon maintien de l'appartement. Veillant à ce qu'il ne manque de rien, elle s'occupait de faire le ménage en évitant le remue, montait le courrier sans jamais le descendre et lavait chez elle en famille son linge sale ; qu'un teinturier indélicat aurait pu négliger. Il l'avait à son service depuis de longues années et entre eux s'étaient créés des liens d'amitié distante, secrète, inavouée. Prenant la clé chez la concierge, elle venait tôt le matin alors qu'il était encore couché. Ce qui les faisait très peu se rencontrer, correspondant uniquement par petits mots laissés sur le bahut chinois de l'entrée.

Ce matin, il s'habilla différemment des autres jours ; car aujourd'hui il avait la ferme intention de ne pas passer à l'étude. Pour la bonne et simple raison, que nous étions en période de vacances et que durant les vacances personne n'étudie. Excepté quelques étudiants acharnés à décrocher des diplômes qui ne les protégerons : pas plus des intempéries que de tout autres aléas de la vie et encore moins d'une existence parfois inintéressante. Il en parlait en connaissance de cause ! Il fit un tour dans l'appartement. Le ton cramoisi des rideaux donnait au séjour une allure un peu trop solennelle. Il faudra qu'il dise à Maria, c'était le nom de la bonne, qu'elle fasse venir quelqu'un pour les changer ou les faire disparaître. Cela dériderait un peu l'ensemble ! Il habitait au premier étage d'un immeuble bourgeois dans un appartement d'environ cent cinquante mètres carrés ; aux pièces d'étoffes moirées qui recouvraient les murs et aux sols parquetés, qui vu leurs anciennetés avaient dû être réalisés sous l'œil avisé de Gustave Caillebotte ! Ce qui leurs conféraient une artistique valeur, prisée par de nombreux commissaires qui avaient du nez ; mais qui n'estimaient et ne prisaient pas plus les bonnes que les mauvaises blagues, fussent elles de tabac. De grands tapis recouvrant le sol, en cachaient en partie la vétusté. Vu l'ancienneté du réseau de chauffage, les radiateurs étaient inopérants. Surtout qu'en plus, ils n'avaient été depuis longtemps sollicités. Seule une cheminée s'adossant à l'un des murs du séjour, aurait pu à l'ensemble dispenser un peu de chaleur ; pour peu qu'en hiver elle eu été consciente de sa nécessité. Conscience qui lui était dictée par le propriétaire qui, par pingrerie et par mesure d'économie, plutôt que de voir danser les flammes, préférait s'emmitoufler dans de chauds vêtements. Inutile de parler de l'atmosphère assez glacial qui régnait dans les autres pièces de l'appartement ! Avant de sortir, il lut le petit mot laissé sur le bahut chinois : « Je viendrai pas ces jours, à cause d'une grossesse qu'on doit me lever. » Maria était portugaise, et il lui arrivé souvent de se tromper dans le juste usage des mots. Le bahut chinois en perdait même son latin qu'il n'avait jamais pu trouver ! Demain étant le jour de Maria, après être descendu en empruntant l'escalier, il laissa quand même pour la bonne et sa grossesse qu'elle devait se faire enlever, une de ses clés à la concierge, et sortit.

Dehors, des branches embranchées sur leurs troncs depuis longtemps dénudés aidées par un léger vent qui soufflait sur l'avenue, telles des effeuilleuses finissaient de s'effeuiller. Des voitures qui stationnaient depuis la veille pour assister au spectacle, applaudissaient de leurs quatre roues enjolivées. Agitant leurs antennes, elles ouvraient de grands phares effarés quand parfois la brume venait les couvrir de son manteau. Ce qui provoquait au niveau de leurs tuyaux d'échappement de longs sifflets réprobateurs. Dans le couloir des bus un bus passa ; qu'une femme arrêta à la station du plat de sa main ouverte, collée comme un papillon sur un pare-brise. Comme elle était de bleu entièrement vêtue, il est possible que le chauffeur l'ait pris pour une pervenche isolée. Surpris, il mit du temps à ouvrir la porte d'accès. Ce qui donna à maître Vassalecq, le temps de rejoindre la femme et de monter à sa suite dans le bus. Le chauffeur mécontent avait des raisons de l'être ; car il s'agissait d'un bus réservé à un transport scolaire transportant des enfants sur un lieu de fête. Enfants costumés pour la majorité en insectes. Une fois à l'intérieur, nos deux adultes furent entourés d'un essaim bourdonnant qui n'avait de cesse de les harceler de rires et d'onomatopées. La femme assise dans le fond, fut aussitôt assaillie par ces petits insectes qui lui montèrent sur les genoux et les épaules. Le chauffeur qui avait démarré, n'était finalement pas mécontent de la tournure que prenaient les événements qui mettait sa personne momentanément à l'abri de tous lazzis qui lui étaient jusque là adressés. Notre notaire, assis entre une abeille et un faux bourdon, dut subir inquiet la menace de leurs dards. Heureusement dépourvus d'antennes, ces insectes ne pouvaient communiquer entre eux autrement que par gestes. Des cris stridents semblaient sortir du profond des fauteuils, dont les bras ne serraient aucune forme importante. Alors que certains s'envoyaient des objets volants non identifiés qui passaient pour l'instant à hauteur raisonnable, d'autres faisaient se gonfler des ballons de boule de gomme sur le devant de leurs mandibules. Il essaya un instant de se cacher et de se faire oublier derrière son cache-nez qui ne cachait plus rien ; dénoué qu'il était par un vent de révolte. Ayant brisé la glace froide d'une fenêtre qui refusait de se rabaisser par crainte de perdre de sa fermeté et de sa transparence, par cette issue de secours improvisée, profitant d'un embouteillage sur la chaussée il se glissa tant bien que mal à l'extérieur. Vu sa corpulence et son manque d'agilité, il se retrouva allongé sur le pavé. N'ayant pas sur lui de démonte pneus, il faillit se faire monter dessus par un ensemble de roues de nombreuses voitures qui ne manquaient pas d'air et qu'il jugea bien gonflé. En cela il fut heureux d'avoir évité une mauvaise rencontre pneumatique. Après s'être ramassé et avoir épousseté les pans de son pardessus, il ne put s'empêcher en s'éloignant, d'avoir une pensée pour la malheureuse femme restée prisonnière innocente de cette ruche en balade, dont elle n'était certainement pas la reine. Pour se remettre de ses émotions il s'assit sur un banc poissonneux qui passait par-là, uniquement constitué de pièces adultes. Ce qui le rassura ! Un bar tout proche lui offrit un verre, et un parapluie lui fut proposé par un groupe de baleines. Des vagues de pluies venant de l'Atlantique, avaient dans le ciel fait leur apparition ! En s'échappant du bus responsable de ce désastreux début de journée, il se dit qu'il avait dû mal se recevoir. Car voulant se remettre debout afin de quitter son banc sans rupture et sans en ouvrir un détestant les roulements de tambour, il ressentit à hauteur de la cheville une vive douleur qui le fit se rasseoir. Preuve qu'il s'était mal reçu ! Peu de monde avait assisté à la scène. Seul un petit chien en imperméable avec au bout de sa laisse une dame âgée, l'aidèrent à rejoindre un camion avec une grande échelle qui venait de s'arrêter dans le couloir des bus. Sur le moment il vit rouge car depuis peu, le bus dans le couloir faisait monter en lui une subite colère. Deux hommes vêtus de combinaison et de casquette bleu, le menèrent aux urgences de l'hôpital le plus proche, et l'accompagnèrent même jusqu'à son admission. Il les remercia chaleureusement et leur remit son numéro de téléphone ainsi que son adresse, leur promettant un très bon accueil lorsqu'ils passeraient en fin d'année avec leur calendrier. C'est d'un air dépité se confondant en excuses, qu'il apprit, qu'eux, n'étaient que de simples laveurs de carreaux se rendant sur leur lieu de travail. Sa précédente colère lui avait fait voir un véhicule rouge, alors que sa véritable couleur, bleu comme sa précédente peur, lui était apparue dans la cour de l'hôpital. Il avait alors pensé qu'après tout, même les pompiers de Paris avaient droit à leur lot d'excentricités. Après une assez longue attente, la radio qu'il passa sans jamais y passer du moins sur ses ondes, révéla une déchirure de ligaments provoquant une douloureuse lésion. Un jeune homme en blouse blanche qui devait être médecin, bien qu'il en douta car rien ne le justifiait même pas un stéthoscope autour de son cou, s'en s'émouvoir entoura sa cheville d'un plâtre léger qui ne l'empêcha pas de se mouvoir, mais qui l'obligea à rentrer chez lui afin de s'y reposer. Ne pouvant faire autrement, transporté par un taxi dans lequel il eut du mal à rentrer en rien aidé par un chauffeur laconique, il rejoignit son domicile. Où, la concierge après avoir réglé le taxi car lui-même n'avait pas de monnaie, mais à laquelle il promit d'en tenir compte lors des étrennes de fin d'année, le soutint jusqu'à l'ascenseur. Ascenseur qui hésita à le prendre vu qu'il n'allait qu'au premier étage ! Considérant en définitive le handicap de celui à qui il devait offrir son aide ascensionnelle, il se laissa finale-ment convaincre et en signe de largesses offrit à ce dernier l'exiguïté de sa cabine. Une fois dans son appartement, après avoir failli ''emplâtrer'' le Chinois en buttant contre le bahut, il mit délicatement sa cheville plâtrée sur un canapé suivi de sa jambe et quand le reste de son corps fut entièrement à la suite allongé, il posa sa tête sur un coussin germain fait en toile d'outre Rhin qui passait par là. Après avoir durant un long moment admiré les moulures du plafond qui ne ressemblaient à rien, il finit par s'endormir. Il se retrouva dans les tribunes d'un champ de course. La journée était belle et le soleil brillait. Pour la première fois, il assistait à un rituel qui lui était inconnu. Il connaissait bien les chevaux pour en avoir vu dans des westerns, sur l'écran du cinéma de son quartier. Mais ce qu'il reconnaissait moins, c'était les Indiens de petite taille qui étaient montés dessus. En guise de plumes ils portaient des toques et étaient affublés de tenues de fort mauvais goût. Les chevaux sur leurs quatre pattes, (car il en avait vu au cirque se tenir sur deux) passaient par un rond de présentation où l'on ne pouvait voir d'intéressant qu'un défilé de croupes. Croupes par lesquelles certains d'entre eux sans retenue, en profitaient pour se débarrasser du trop plein de fourrage par son autre extrémité avalé. (Malgré les enjeux de la course le naturel existe et se fout pas mal des sommes engagées). Délestés d'un surplus de poids qui aurait pu les désavantager, ils dévalaient sur la piste emportant sur leurs dos des enfants inconscients. Et que dire de l'inconscience de leur entourage qui semblant les connaître, pariait sur eux et poussait de grands cris en les voyant passer. Certains spectateurs avaient devant eux accrochées à leur cou des jumelles, qu'ils ne lâchaient pas des yeux et qui devaient être les sœurs de ceux que les chevaux emportaient. Au loin une sonnerie retentit ! Tel un lâcher horizontal de ballons multicolores, chargés de petits poids qui côtoyaient les gros, les chevaux s'échappaient à brides rabattues de leur conserve en boite, sur un tapis de gazon qu'on avait déroulé devant eux ; essayant de dépasser celui qu'il suivait, tout en faisant attention de ne pas être rattrapé par celui dont il était suivi. La règle étant assez confuse jusqu'à la ligne droite, (car avant, ils disparaissaient dans un petit bois à l'abri des regards indiscrets) où, tendant tous vers un même but, la situation se décanta. Chacun d'eux tentant de précéder celui dont il était le suivant, sans se faire dépasser par celui qui le suivait. Car il aurait été alors le suivant de celui qui le suivait, tout en ayant précédé celui dont il était le suivant. En fait si celui qui le suivait à ce moment là l'avait dépassé, bien que lui-même ait précédé celui qu'il suivait, à l'arrivée il aurait fini deuxième et aurait donc perdu la course tant convoitée. Voilà ce que parait-il aux dires des parieurs perdants, les jockeys se disaient entre eux sous le couver du petit bois précédemment cité. Quand vous aurez assimilés cette suite sans être dépassés et sans avoir à monter sur vos arçons, vous aurez tout compris de cette épique et hippique chevauchée ! Après avoir franchi en vainqueur la ligne d'arrivée sous les "hourras" de parieurs bien inspirés et l'indifférence de ceux dont les tickets de paris jonchaient le sol, le petit cavalier d'aise souriant sautant du haut de son grand cheval, ressentit à la cheville une douleur qui le réveilla. Sa monture ayant disparue, il se trouvait assis sur le tapis au bas de son canapé. Comme récompense il tenait entre ses mains chevillée à sa jambe et montée sur pied, une statue en plâtre. Ne lâchant pas sa prise, il remit son trophée prés de lui sur le tapis, ce qui lui permit après s'être redressé, de ressentir son estomac dans ses talons. Il n'avait rien ingurgité depuis la veille et cela se manifesta par un vide qu'il fallait combler. Il avait eu ce même problème, lorsqu'il avait dû afin d'éviter que la toiture ne s'affaisse, combler le vide laissé par des combles vidés de leur amas de souvenirs, par un feu accidentel. Cela avait concerné une vieille maison de campagne, dont l'attrait de la vétusté de ses pierres, n'arrivait pas à combler les dépenses en ses lieux consenties. Lieux dont il s'était au plus vite débarrassé, ne pouvant reconstituer les restes de ces générations disparues. Il s'était alors tourné résolument vers l'avenir. Décision qui il le savait, ne lui apporterait pas plus de satisfactions que le passé. Le bahut Chinois de l'entrée lui remit un bristol trouvé dans un de ses tiroirs. Par téléphone il commanda à l'adresse indiquée sur le bristol que lui avait remis le bahut Chinois de l'entrée, un repas qui lui fut livré dans le quart d'heure qui suivit. (Décidément de nos jours, la Chine est à notre porte). Le livreur de repas bien sûr était de type asiatique ! Dès qu'il aperçut dans l'entrée de l'appartement le bahut laqué, son sourire se figea et il disparut en courant dans l'escalier abandonnant son pourboire ; de peur d'être lui-même transformé en bahut. Installé devant son petit écran qu'il ne regardait pour ainsi dire jamais, sa jambe accidentée allongée sur la table basse qu'il dominait de toute sa hauteur, il digérait son repas assez vite englouti ; fait entre autre : de champignons noirs et de nouilles translucides. Repas accompagné d'un couple de baguettes, qui ne lui furent d'aucune utilité. Sur l'écran de télé, des images qui se voulaient distrayantes défilaient devant ses yeux. Succession de mauvais gags durs à avaler avec ou sans baguettes ; où, ces fameux gags poussaient comme des champignons pour un public de nouilles. Nouilles que l'on ne voyait pas, mais qu'on entendait de joie, rire et applaudir. Les seuls à s'amuser semblant être les protagonistes, il n'alla pas plus loin dans son investigation des chaînes, de leurs programmes pour l'instant grotesques et préféra noircir l'écran. Il ne put cependant s'empêcher de penser que de nos jours, grande place était faite à la dérision. Comme si rien n'était plus important que de rire bêtement, de s'amuser facilement et de se distraire impuné-ment au dépend d'autrui. Toutes situations devant être tournées en ridicule, afin d'amuser la galerie ! Il est vrai que tout cela passe par la liberté d'expression, qu'il ne faut surtout pas mettre en cause. Il est préférable aujourd'hui de passer par la grossièreté, la provocation, le manque de retenu et de goût, pour être reconnu comme ayant du talent et être apprécié par bon nombre de médias ; dont les diffusions et propagations insipides, doivent être quelque part le reflet de notre société ? Mise à par cette évidence pas toujours partagée, l'humour en ce qui concerne les médias, est une thérapie qui bien qu'étant contagieuse, est absorbée sans grande compréhension par masse de personnes préalablement conditionnées. Les scènes fallacieuses plusieurs fois répétées par de différents acteurs, trouvent terrains propices face à l'ennui, au désœuvrement, à l'oisiveté. Le rire est un remède efficace aux maux de nos sociétés, et déconstipe bien maintes situations.

Quelques jours plus tard, il reçut la visite de son docteur qui après l'avoir ausculté, le voyant empêtré dans son plâtre, en le déplâtrant le dépêtra. Il fut tenté un instant d'exposer son plâtre retiré, sur un meuble ; en souvenir d'un rêve rare et merveilleux, car il s'agissait d'un rêve de victoire. Mais il n'en fit rien ! Pensant à sa bonne Portugaise qui ayant fait enlever sa grossesse et se sentant plus légère, pourrait refusant toutes explications monter sur ses grands chevaux, en découvrant ce trophée ramasseur de poussières. Pourtant les jours qui suivirent ne virent pas le retour de Maria. Un matin où il s'était levé plus tôt pour se préparer un café avec l'aide électrique de la femme du cafetier, il entendit dans la serrure le bruit d'une clé. C'était la concierge suivie de son chat qu'elle avait récemment recueilli aux abords d'une gouttière, qui lui expliqua que : « la fille de Maria était passée, pour dire que sa mère suite à son opération, était partie se reposer dans sa famille au Portugal. Et que s'il le désirait, ce serait elle sa fille qui en attendant son retour pourrait la remplacer.» Surpris, il ne sut que répondre. N'aimant pas être pris au dépourvu, il dit à la concierge qu'il allait réfléchir et qui lui donnerait une réponse dans la matinée. Sur ce, la concierge se retira emmenant derrière elle son chat qui était bien un chat de gouttières ; avec sa moustache irrégulièrement coupée, et son allure ordinaire et chaloupée. A nouveau seul, après avoir pris son café il se dirigea vers la salle de bain, avec dans la tête une petite idée de changement qui allait perturber ses habitudes. Et cela le dérangeait ! La pomme de la douche n'avait plus d'odeur, et même le savon dont il se servait, ne sentait plus la mauve et la pulpe de fruits. La fenêtre était restée fermé et la buée avait recouvert la glace au-dessus du lavabo. Tant bien que mal il essaya de se raser ; mais ce matin le bien n'étant pas au rendez-vous ce fut le mal qui l'emporta. Devant son miroir alors qu'ensemble ils réfléchissaient difficilement à cause de la buée, son esprit passablement occupé, il ne put éviter le grain de beauté qui se trouvait entre sa joue et l'aile gauche de son nez. Seule chose qu'il avait pu sauver du temps de sa splendeur. Son rasoir pas plus intelligent mais moins distrait et émoussé que lui, emporta une partie de ce grain sympathique. Aussitôt un mince filet de sang après être passé par la commissure de ses lèvres et avoir bifurqué sur son menton, tomba en gouttes rondes et régulières sur le carrelage de la salle de bain. Il chercha dans la pharmacie de quoi arrêter cette hémorragie, mais bien sûr ne trouva rien. Une serviette qui lui buvait tout son sang appliquée sur la figure, il chercha dans un petit meuble des pansements qu'il ne trouva pas. Par ses mouvements et ses gestes désordonnés, il renversa un flacon d'eau de toilette de ''Caron'' qui, tombant sur le sol se brisa. En faisant un instinctif écart, il marcha sur un débris de verre qui sans s'y planter, lui entama la plante du pied droit. Cette partie de son corps concernant ses appuis également atteinte, il laissa sur le carrelage des traces sanguinolentes, mêlées à des gouttes qui ne l'étaient pas moins. Le lieu dans lequel il se trouvait eut alors des senteurs de lavandes et la couleur d'hémoglobine. Pestant de rage, voulant fuir cet espace maudit et ensanglanté qui à la longue finirait par ressembler à un étal de boucher malembouché, afin de ne pas tacher le tapis du séjour, il mit son pied blessé dans un gant de toilette qui en fut le premier surpris mais ne se déroba point, et referma la porte de cette salle qui l'avait mis dans un sacré bain. Ses blessures n'arrêtaient pas de saigner surtout celle de son visage. La sonnerie de la porte d'entrée retentit. Il se précipita. Evitant de justesse la table basse qui n'était pas à la hauteur de la situation, il parvint malgré tout dans le hall d'entrée. Le petit meuble le voyant dans cet état eut un sourire jaunâtre qu'il s'empressa de dissimuler, alors que le tapis allongé sur le sol se tapit un peu plus. Lorsqu'il ouvrit la porte, il eut devant lui une jeune femme brune qui le regardait les yeux exorbités et la bouche ouverte ; bouche de laquelle ne sortait aucun son. Il faut dire qu'elle avait devant elle un drôle de tableau. Un homme échevelé en peignoir de bain, un seul de ses pieds dans un gant de toilette qui virait au rose ; tenant sur le côté de son visage un mouchoir écarlate assorti à la serviette qu'il avait sur son épaule. La surprise passée, elle se présenta comme étant la fille de Maria, venant chercher une réponse en vue de son remplacement. Etant donné la situation présente et l'urgence de l'aide dont il avait besoin, il s'empressa d'accepter la proposition ;

l'invitant même à prendre illico son service. Ce qu'elle fit après avoir constaté l'état de la salle de bain rouge de honte, et autres détériorations physiques concernant son usager. Ayant suivie à la croix rouge des cours de première urgence, elle fit asseoir le blessé dans un fauteuil qui l'accepta en maugréant, et appliqua sur son visage des glaçons enveloppés dans un torchon pris dans la cuisine, qui rechignait vue l'usage auquel on le contraignait. Pendant qu'elle s'occupait de son pied endommagé, monsieur Vassalecq resta la tête renversée à se geler la joue et les gencives. Sous l'effet du froid, le saignement semblant s'être figé, la pression des glaçons sur la plaie ne paraissait plus nécessaire. Rompant la glace en la retirant de son visage, il resta néanmoins sans bouger et ne dit mot. Il était à la fois confus et gêné par la situation dans laquelle il se trouvait. C'était la première fois que quelqu'un s'occupait de lui à ce point. Quelqu'un d'inconnu et d'aussi physiquement proche. Comme entrée en matière et rapport d'employeur à employée, cela lui paraissait assez inhabituel. Elle trouva mieux que lui dans la pharmacie les produits désinfectants et les pansements qui la voyant, cessèrent aussitôt de se cacher. Après l'avoir pansé et avoir arrêté toutes effusions sanguines, elle disparut pour nettoyer la salle de bain sale. Bien qu'étant remis sur pied, il resta assis. Il avait besoin de réfléchir. N'ayant jamais été dépendant de quiconque surtout dans cette tenue, son orgueil en prit un coup. Il se trouva subitement dépourvu d'arguments de reconnaissance et en panne de sincères remerciements. Ayant remis du bain la salle propre, elle revint dans le séjour nettoyer le tapis de quelques taches de sang dont il comptait s'abreuver. De l'endroit où il était il eut alors tout loisir de l'observer. C'était une personne de taille moyenne approchant la quarantaine, agréable à regarder. Un petit minois disparaissant en partie sous des cheveux noirs bouclés qui toutes proportions pondérales gardées, ressemblait pour peu qu'il s'en souvienne à Maria sa mère ! Son avancée dans l'âge lui donnant malgré tout des formes pleines, inhérentes aux femmes du sud. Après avoir fini ses taches dans le séjour, elle disparut en les poursuivants dans la cuisine. Il en profita pour se lever, et doucement avec précaution tel un inconnu en ces lieux, disparut lui aussi ; mais dans le couloir qui menait à sa chambre. Il se prépara et s'habilla avec attention et minutie ; peut être plus que d'habitude. Cela dura un certain temps ! Après avoir passé devant la glace de la penderie la revue générale de sa tenue, il entra dans le séjour pour remettre à sa bienfaitrice un flot de remerciements qui lui arrivaient par vagues. Remer-ciements qu'il avait à son intention préparés. L'appartement était vide ! Qu'importe... ce ne serait que partie remise. Il alla dans la salle de bain rutilante, se regarda dans la glace afin de vérifier la discrétion du pansement qu'il portait au-dessus de la lèvre. Et, c'est en traversant le séjour que malgré lui, ses deux lèvres se joignant et s'avançant sur le devant de sa bouche, se mirent à émettre un léger sifflement qui ressemblait fort aux notes d'une mélodie enjouée. Il en fut le premier étonné ! Avant de sortir, il regarda le bahut chinois dont les incrustations de nacre brillaient de mille feux, et qui semblait avoir rajeuni de dix ans. Il ne connaissait pas l'âge exact du bahut, celui-ci ne le lui ayant jamais révélé ; mais lui, se sentait être redevenu jeune, malgré ses soixante-dix ans passés ! Après avoir fermé sa porte, c'est d'un pas léger malgré sa blessure au pied qu'il supportait allègrement, qu'il descendit les quelques marches qui le menèrent au rez-de-chaussée ; non sans avoir au passage fait un pied-de-nez à l'ascenseur qui espère toujours qu'on lui presse ses boutons. En passant devant la loge il vit le chat de la concierge, qui derrière sa moustache irrégulièrement coupée lui souriait. Sans s'arrêter, il claironna un si retentissant… bonjour!... que la concierge occupée à faire les cuivres de la porte d'entrée, se crut attaqué par ceux d'un orphéon qu'elle n'avait d'ailleurs jamais astiqué. Bien qu'étant toujours en hiver, l'air sentait bon le printemps et des oiseaux tenaient concert sur les arbres de l'avenue.

Le changement dans son attitude, cette légèreté dont il ressentait les vibrants effets, le retour de cette bonne humeur qui depuis longtemps le fuyait ; toutes ces choses aussi futiles il ne se les expliquait pas. Alors qu'elles avaient depuis longtemps disparues elles réapparaissaient subitement ; soudaines, inattendues, sans véritable raison apparente. Sa vision sur tout ce qui l'entourait s'était adoucie. Son regard avait perdu tout sens critique, et son esprit alors austère semblait s'être apaisé. Cette transformation ne le préoccupait en rien, si ce n'est au début ce sentiment de bien-être qui l'avait envahi et qui lui avait paru suspect, étrange, discordant ; autant éloigné de sa personne qu'il pensait définitivement connaître, bien à l'abri de toute incidence, de toute révolution. Aurait-il alors suffi d'un changement furtif dans ses habitudes ? D'une intrusion subite, involontaire, inopinée ? Pour qu'en lui une opération se réalise ! Toutes ces questions qu'il se posait, finalement l'amusaient et lui donnaient un regain d'intérêt qui aiguisait son insatiable curiosité. Jusqu'où pensait-il pouvoir assouvir cette subite métamorphose ? En resterait-il maître, ou en subirait-il inconsciemment les effets ? A son âge, il ne pouvait se permettre certains bouleversements, qui compliqueraient son espace temps désormais compté. Il devait s'en tenir : à l'essence, au volatile, au futile, au superficiel. Tout cela il le sentait lui était admis et s'agitait en son esprit, avant de transparaître dans sa façon d'être, dans son comportement. Tout changeait autour de lui, tout était à sa mesure. Les compliments avec lesquels il était distant, effleuraient son langage. Tout ce qui l'entourait avait une autre allure, une saveur différente, un goût particulier.

Le bus qui passait n'étant pas trop laid donc dépourvu de perche, réprouvant aujourd'hui toutes laideurs, il le prit. De gentilles personnes le regardèrent monter et certains jeunes gens lui offrirent leur place. Bien qu'ils insistèrent, il déclina leurs offres. Le chauffeur très avenant lui offrit des chocolats. Les feux des croisements étaient tout honteux de passer au rouge ; s'excusant envers les circulants du ralentissement de la circulation. Conduisant d'une main, le conducteur montrait de l'autre les édifices devant lesquels il passait, faisant un court exposé de leurs historiques. A certains arrêts il quittait même son véhicule, afin d'aider les personnes âgées à descendre ou à monter. Un peu plus loin, le bus fut arrêté par un attroupement. Il s'agissait de supporters visiteurs, se rendant au stade pour un match de foot ; distribuant aux gens qu'ils rencontraient des produits de leur région. Ils donnaient l'accolade à des journalistes qui se trouvaient là, satisfais de ne pas se trouver ailleurs et de pouvoir faire un brin de gazette. Ils embrassaient même des agents de police souriants, heureux comme des laitues ayant abandonné leur panier à salade. Des fifres et des tambourins accompagnaient tout ce joli monde content de se retrouver. Devant le stade où les attendaient les supporters adverses, des estrades avaient été dressées, sur lesquelles jouaient des musiciens pour les accueillir. Le stade lui-même était pavoisé de drapeaux et de guirlandes de fleurs. A l'intérieur, dans une tribune la mieux exposée, chacun des visiteurs pouvait trouver à sa place un sandwich et une boisson chaude. La rencontre terminée, les joueurs s'embrassèrent sous les hourras de la foule ! Des fleurs furent jetées sur la pelouse, au milieu de laquelle les deux équipes réunies, portant sur leurs épaules les arbitres tout de blanc vêtus, envoyaient des baisers aux nombreux spectateurs.

Le match s'étant joué à guichet fermé, on débarrassa les sorties des guirlandes de papier multicolores qui en interdisaient l'accès. Libérés de son enceinte, le stade accouchait de spectateurs heureux et satisfaits. Les visiteurs, pour ceux qui prenaient le train, furent raccompagnés jusqu'à la gare. Et tandis que sur les rails le convoi s'en allait, sur le quai des mouchoirs s'agitaient dans l'attente du match retour, donnant lieu à de prochaines retrouvailles. C'était la dernière rencontre avant la trêve de fin d'année, et le père Noël semblait bien en avance !

Ce matin, Anna la fille de Maria, se rendait dans l'immeuble bourgeois qui donnait sur l'avenue. Depuis quelques temps cela n'allait pas très fort. Elle avait perdu son travail de manutentionnaire dans une usine de fabrication d'appareils ménagers. Usine qui avait aménagé sans ménagement la compression d'un personnel oppressé, se soldant inévitablement par une suppression dont elle était la vivante expression. Les charges étant ce qu'elles étaient, les employeurs afin de les alléger, avaient dû déployer un éventail de restrictions destinées à réaliser de plus gros bénéfices ; assurant pour le coup les revenus de leurs actionnaires, ainsi que la persistance de leur proche avenir. Bénéfices, qui ne pouvaient se matérialiser que par la privation du bien-être de leurs employés. Lessivée et extraite de tout plan de restructuration, Anna avait trouvé un emploi à mi-temps de femme de ménage dans une entreprise de nettoyage. Portugais comme elle, José, l'homme avec qui elle vivait depuis une dizaine d'années lui aussi sans véritable emploi, subsistant grâce à de petits travaux qu'il faisait au noir, avait désiré retourner au pays afin de se laver de la noirceur de ses petits travaux. C'est d'un commun accord, qu'ils avaient décidés l'un et l'autre de subir l'épreuve d'une séparation momentanée ; survenue il faut bien le dire, après une période de réciproque lassitude.

Habituellement, elle se levait très tôt le matin afin d'être dès cinq heures sur son lieu de travail. Durant ces nuits froides, comme le jour elle avait du mal à se lever à s'extirper de son profond sommeil. Lorsqu'elle n'était pas en retard et que le temps le permettait, elle évitait de prendre le métro. Elle arpentait alors les rues désertes, longeait les boulevards, croisait des noctambules : Artistes, travestis sortis de quelques boites, travailleurs de la nuit escamotant le jour. Amoureux de lumières brillantes ou tamisées, mettant sur leurs visages des effets anonymes, des pâleurs incertaines. Dans cette obscurité les verres sont bus du bout des lèvres, les oreilles sont à l'écoute de propos vite oubliés. Dans ce milieu de noctambules les mots sont chuchotés, les regards soutenus. Les timides s'affirment car la nuit est secrète, délivrant à chacun sa part d'obscurité. Effaçant les défauts gommant les différences, elle offre liberté à tous de se mouvoir. Elle accorde aux actes une audace extrême. Pour soirées habillées elle fait des strip-teases des feux d'artificiers pour nuitées de gala. En montant sur leurs scènes : Artistes, exécutants, étalent leur savoir-faire, leurs passions, leurs talents. Elle engendre des peurs, des silences, des doutes. Stimule des ardeurs, éveille des désirs. Alors que dans le jour on entre innocemment, en entrant dans la nuit pour elle on se prépare. On revêt des atours pour tel spectacle, tel repas. On sait l'heure où l'on sort, mais pas celle où l'on rentre. Car la nuit est ainsi faite, d'un monde à part ; un monde étrange, beau, fascinant et secret. Anna imagine tout cela sans jamais le connaître. Les néons, les paillettes, elle en est à mille lieux ! Un jour viendra peut-être où la nuit sera son alliée, sa complice, sa découverte ! Mais pour l'instant ?

Si Anna est ici, c'est qu'étant toute jeune, ses parents ont décidés d'émigrer à Paris. Son père, habile carreleur, trouva vite un emploie afin de subvenir aux besoins de la famille. Anna grandissait ! Sa mère, chez des particuliers qu'elle tâchait de détacher de leurs tâches ménagères, effectuait quelques petits travaux, arrondissant ainsi les fins de mois. Ils ne gagnaient pas des mille et des cent, mais ils étaient heureux. Et puis un jour leur bonheur bascula. Sur un chantier, alors que son père à l'extérieur carrelait une terrasse sous un soleil d'été qui lui rappelait son pays, et que passait au-dessus de lui une lourde charge transportée par une grue aveugle montée sur hautes pattes telle un échassier à l'affût d'une proie, une rupture le laissa sur le carreau. Ce fut celle d'un anévrisme qu'il portait en lui ; caché, sournois, et dont il ignorait l'importance de sa dilatation. La grue soulagée de n'être pour rien dans cet accident, en remerciant le ciel dont elle était si proche, continua de transporter au bout de son câble que plus rien n'accablait, sa lourde charge.

Afin d'aider sa mère, Anna, dès qu'elle fut en âge de travailler abandonna les études. Elle trouva un emploi qu'elle perdit voilà plus d'un an. Elle pensait à tout cela alors qu'elle approchait de l'immeuble où habitait ce monsieur âgé, qui lui semblait dépourvu de présences affectives. Mais peut être après tout n'en avait il pas besoin ? Monsieur âgé, à qui elle avait permis la veille de sortir d'un mauvais pas, consécutif à une effusion sanguine. Sa mère lui avait bien expliqué le travail dont elle aurait à s'acquitter, en échange d'un chèque qui lui serait remis chaque fin de mois. Il devait être sept heures et avant qu'on le lui demande, la concierge balayait devant sa porte ; à l'instar de ce que devraient faire certains récalcitrants et infortunés critiques. L'ayant reconnu, elle lui remit la clé de l'appartement. Evitant d'appeler l'ascenseur qui avait passé la nuit au dernier étage à attendre, devant la porte palière d'une jeune célibataire dont il était amoureux, elle gravit sans gravité mais tout en gravitant autour de la cage d'ascenseur, les larges marches de l'escalier. Une fois dans l'appartement, elle vérifia si les taches sur le tapis avaient disparu et se dit qu'un shampooing ne lui ferait pas de mal. Le tapis pas d'accord refusa sur-le-champ poings fermés, et essaya de se cacher sous le canapé qui se mit à rire au contact des franges qui le chatouillaient. Les fauteuils en buffle étaient prêts à charger à la vue de cette intruse qu'ils ne connaissaient pas. Les rassurant d'une longue caresse sur le cuir de leur dos et de leurs accoudoirs, ils retournèrent aussitôt rêver de leur savane. Dans l'entrée, le bahut chinois n'était pas encore sorti de la brume de ses rizières. Une fois tout ce petit monde amadoué, elle fila vers la cuisine.

Dans sa chambre, monsieur Vassalecq était réveillé alerté par son oreiller qui au moindre bruit avait tendu l'oreille. Les fins rideaux de tulle frémirent d'impatience, lorsqu'il passa sa robe de chambre. Montant sur ses mules il longea le corridor, et ces dernières le portèrent jusqu'à la porte de la cuisine sous laquelle filtrait un rai de lumière. Car on n'avait pas oublié de mettre des filtres sous la porte, afin que la lumière soit la plus pure possible. Lorsqu'il entra dans la cuisine, Anna se retourna et s'excusa de l'avoir réveillé. « Il n'en fut rien ! Hier soir je me suis couché plus tôt que d'habitude ! Et puis, je tenais à vous voir pour vous remercier des soins que vous m'avez donnés, témoignant de l'attention que vous avez eue à mon égard ! » Anna s'enquit de l'état de ses blessures. L'ayant rassuré, il omit de lui parler de celles de son âme, qui allait également beaucoup mieux. Sur ce, elle lui proposa un café qu'il accepta bien volontiers ; l'invitant à son tour après l'avoir pris, à en prendre un autre en sa compagnie. Ceci étant la moindre des choses, faisant suite aux remerciements qu'il lui devait. Assis l'un en face de l'autre, séparés par la table de la cuisine sous laquelle les mules s'étaient endormies, elle lui raconta ses déboires et sa malchance actuelle. L'ayant écouté et ayant constaté qu'elle avait les yeux clairs, pour mieux s'en assurer et opter entre le vert et le bleu, il reprit un café. Une fois convaincu du goût du café et de la couleur des yeux de son interlocutrice, prétextant du travail en retard, après avoir sous la table réveillé et réintégré ses mules qu'il avait un moment abandonnées, il se retira dans son bureau ; ne voulant pas lourdement insister sur l'intérêt qu'il portait à ses paroles et sur le fait de la voir évoluer et occuper l'espace autour de lui. La porte du bureau refermée, il s'installa dans son fauteuil et éclaira la petite lampe, qui jeta devant lui sur le rouge acajou du meuble une douce auréole. Il resta là un long moment assis, sans bouger. Se questionner ne servirait à rien et ne ferait que jeter le trouble dans une situation qu'il avait le plus grand mal à comprendre et à concevoir. Dans l'appartement il entendit quelques bruits étouffés de chaises que l'on déplace, de fenêtres que l'on ferme, de robinets que l'on ouvre. Il ferma les yeux et cela lui fit du bien.

Il avait reçu il y a quelques temps déjà une invitation, afin d'assister à une réception que donnait un grand avocat qu'il connaissait bien. Avocat avec qui il avait eu à faire à maintes reprises, afin de démêler des imbroglios d'héritages et de recherches de successions. Généalogiquement, certains de ces arbres même bien enracinés, ont parfois une chute de feuilles qui modifient leurs trajectoires, en fonction des intérêts de successions consentis et préalablement envisagés. Les abus au sein d'une famille, auraient parfois tendance à avantager certains sujets au détriment des autres ! Avantages bien souvent oralement donnés et niaisement acceptés, que n'attestent aucun seing. Cette réception se passait en proche banlieue dans une grande villa appartenant à notre hôte, qui sans en être prisonnier était attaché au barreau. Monsieur Vassalecq s'y était rendu, pensant que cela pouvait apporter à son étude d'excellents débouchés et d'intéressantes affaires. La villa située au milieu d'un jardin paraissait importante. Dans l'immense séjour, quatre portes-fenêtres qui hésitaient entre les deux ouvertures, donnaient accès à une grande terrasse sur laquelle se donnait la réception. Beaucoup d'invités étaient déjà là formant de petits groupes qui discutaient entre eux, assemblés selon leur sensibilité financière, politique et réformatrice, aux envolées sectaires se voulant dissuasives. Lorsqu'il le vit entrer, le maître de céans vint vers lui le bras tendu la main ouverte, en le remerciant de sa présence. Alors qu'ils entamaient une conversation, le téléphone de l'avocat se mit à sonner. Avant qu'il ne décroche, le barman du haut de sa veste blanche lui demanda :

— Comment aimez-vous votre fine ?

— Allô !

Lança-il en portant le combiné sur le haut de sa joue droite. Il resta un long moment ainsi, collé à l'écouteur. Heureusement, il avait naturellement les oreilles décollées ; sans cela, il eu fallu pour en arriver à cette séparation des compresses d'eau chaude. L'oreille encore toute rouge n'émettant aucune plainte et nulle demande de dédommagement, il prit son verre de fine qui en guise d'apéritif était la boisson qu'il préférait. Il y fit rajouter deux doses supplémentaires de liquide bien tassé, car il aimait la fine épaisse et non pas diluée même par de l'eau aussi gazeuse fut-elle. Satisfait du coup de fil qu'il venait de recevoir concluant avec bonheur une importante affaire, il porta un toast. Les invités levant à leur tour leurs verres à bout de bras, après avoir replié ces derniers tels des membres obéissants ou fatigués, firent cul-sec ; bien que les fesses de certains furent humides. Assis qu'ils étaient sur le muret de la terrasse qui avait ainsi que le sol, gardé des traces de passages du jardinier portant un arrosoir percé. Des géraniums immobiles tellement empotés qu'ils n'osaient se déplacer, étaient posés sur les marches de l'escalier menant au jardin. Une vigne, vierge paraît-il ? Avait envisagé l'ascension d'une pergola qui culminait à trois mètres cinquante. Et en contrebas, un parterre coloré de bleus iris attirait l'œil. "Les IRIS" ! était le nom de la villa. Nom qu'il avait remarqué en arrivant et qui était inscrit à l'entrée, à droite de la grille, comme une définition pour cruciverbiste. En un lieu dépourvu de soleil un buffet était dressé. Son dresseur, un homme faisant parti des gens du voyage en habit d'apparat et l'allure hôtelière, faisait se tenir droites des crevettes en bouquets. Il surveillait d'un œil sévère les darnes de saumon qui, venant de contrées nordiques voudraient bien y retourner. Alors que de l'œil qui lui restait aussi sévère que le premier, il surveillait d'autres et différents mets se reposant alanguis sur des canapés ; attendant résignés ainsi que leurs moelleux lieux de repos, le moment de se faire engloutir.

Nous sommes dans les premiers jours du printemps. Cela se ressent dans l'attitude des dames qui dès qu'elles en ont l'occasion, recherchent dans la douceur de l'air à s'approprier le moindre rayon de soleil. Certaines sont assises bien à l'écart de l'ombre et de toutes discussions. Leurs mentons sont levés et leurs yeux sont mi-clos. Semblant apprécier quelques plaisirs secrets, elles restent ainsi sans parler, sans bouger. Alors que d'autres beaucoup plus volubiles, ignorant les bienfaits du soleil printanier mais vêtues de robes légères, papillonnent, paraissant plus à l'aise. Ce sont certainement aussi, celles plus habituées à ce genre de rassemblement ! L'apéritif étant terminé, insensiblement on s'approche du buffet. Les assiettes empilées perdent de leur hauteur, les plateaux qui circulent sans cesse ne s'arrêtent. Les serveurs en service alimentent les plats, débouchent des bouteilles et remplissent des verres que des bouches avides se chargent de vider. Les discours ont pris fin. On mange à présent ! Notre notaire s'est retiré de ce delta d'embouchures, de cet amas de lèvres abreuvées, de ventres insatisfaits. Dans ce labyrinthe de corps et d'estomacs qui se croisent et s'entrecroisent, estomaqué de tant de prestesse, de vivacité, il s'est frayé un passage et descend l'escalier qui mène au jardin. Il préfère les fleurs dans leurs robes nouvelles ! Un chemin le conduit au-delà des semis, dans un petit recoin auprès d'une cabane où, sur un sac d'engrais un homme est assis. C'est bien le jardinier, sortant d'une gamelle le repas qu'hier au soir sa femme a préparé ! Il s'est retourné, l'un et l'autre se sourient ! L'homme a les yeux bleus semblables à ses Iris ! D'entre tous jardinier ! C'est toi le plus heureux !

Malgré la forte chaleur, les rues de la petite ville grouillaient de monde. Pour ne pas se brûler la plante des pieds les buildings faisaient des pointes ; et dans des petits squares aux pieds de ces grands immeubles, des plantes s'étiolaient par manque d'arrosage. Sur la large avenue, semblables à un amoncellement de lingots accrochés en façade, les lettres en or du nom de la banque brillaient au soleil. Devant son entrée, deux vigiles suant à grosses gouttes occupaient le trottoir ; surveillant les allers et venues des honnêtes citoyens, qui allaient et venaient. Plus loin à l'angle de la rue, était arrêtée une grosse Cadillac noire avec quatre hommes à son bord. Trois d'entre eux qui avaient l'apparence de durs, portaient des chapeaux mous. Le quatrième, le plus jeune, tête nue mais chapeauté par les autres était au volant. A l'aide d'une grosse éponge il s'épongeait le front. Eponge qu'il tenait fermement, de peur qu'elle s'en aille retrouver son milieu aquatique qu'elle avait repéré dans une vitrine de l'autre côté de la rue. Où, dans des aquariums s'ébattaient de nombreux poissons, qui à travers leurs cloisons de verre semblaient l'inviter à les rejoindre. La chaleur qui régnait en ville était insoutenable. La gomme des pneus fumait sur la chaussée, laissant de longues traces noires. Les vitrines des magasins faisant effets de loupes sous lesquelles les prix flambaient, brûlaient à l'intérieur les articles exposés. Un peu partout à intervalles irréguliers, on entendait des explosions. C'était dans les immeubles, des bonbonnes de gaz qui ne résistaient pas à la chaleur des foyers. Dans la Cadillac un des hommes s'était endormi. L'autre assis à son côté, ouvrit la portière et le poussa dehors sans ménagement ; car ses ronflements le gênaient dans son écoute à la radio d'une retransmission du dernier acte de l'opéra, "Les Troyens" d'Hector Berlioz. L'opéra terminé, deux des hommes quittèrent la voiture après avoir évité celui qui, déposé sur le trottoir dormait toujours bercé à présent par la barcarolle des "Contes d'Hoffmann". D'un pas décidé ils se dirigèrent vers la banque. Arrivés à la hauteur des deux vigilants vigiles, ils sortirent ensemble de leur poche, deux revolvers à crosse de nacre et au canon entièrement blanc ; aussi blanc que la neige en d'autres lieux, par leur cousins expulsée. C'est ce qu'on appelait une attaque à l'arme blanche ! Les balles faites de faux bonds, étaient pour les adversaires difficiles à renvoyer. Les vigiles le savaient bien et levèrent aussitôt les bras. Comme personne ne le leur avait demandé cela jeta un froid. Les passants étonnés en profitèrent pour claquer des dents avant de claquer d'autre chose. L'un des deux assaillis, le plus jeune, les bras toujours levés la mine déconfite, de peur se fit dessus. Après avoir pris aux vigiles émotionnés et passablement relâchés, leurs montres, leurs Ray ban et le peu d'argent qu'ils avaient dans leurs poches, les deux bandits jugeant que ça commençait à sentir mauvais et pour cause, partirent en courant et s'engouffrèrent dans la Cadillac noire qui démarra sur les chapeaux de roues et sur le chapeau mou du dur resté sur le trottoir ; qu'ils n'emmenèrent pas avec eux, car les chiens du quartier avaient fait sur lui leurs besoins. Une sirène hurla... qui loin de les attirer précipita leur fuite ! Ils furent pris en chasse par une voiture de police qui dans le coin patrouillait. Car bizarrement il n'y a que dans les coins qu'on n'a pas trouille. La grosse Cadillac noire (au risque de se fâcher en l'appelant grosse), fonça à tombeau entrouvert. Car dans la voiture ils étaient encore bien vivants et riaient de toutes leurs dents en or, dont certaines étaient plombées par la fumée de leurs cigarettes. La circulation habituellement fluide dans cette artère s'était épaissie, et de gros caillots se formaient en direction du cœur de la cité. Le petit "Jo" qui conduisait évitant l'apoplexie, après s'être engagé dans une rue adjacente moins fréquentée car infréquentable puisque mal fréquentée, afin de se dégager de cette affaire délicate et de tirer son épingle du jeu, pris un virage en épingle à cheveux ; ce qui les fit se dresser sur la tête de ses deux complices. Au passage, ils débarrassèrent un Marocain maroquinier de deux valises en peau de porc, qu'ils jetèrent en direction de la voiture de police, qui en hurlant toujours les poursuivait. Aussitôt les poursuivants s'arrêtèrent et les policiers sortis de leur véhicule, se disputèrent comme des cochons les deux valises en peau de porc, qu'ils croyaient pleine de billets de banque. Malheureusement pour eux, cette affaire se termina en eau de boudin. Ce subterfuge permit aux poursuivis de filer à l'Anglaise comme des crèmes, et de ne plus entendre les plaintes de la sirène des poursuivants, qui hurlant de dépit leur cassait les oreilles...

En fait, ces trois complices plus celui laissé sur le trottoir, n'étaient que des durs au cœur tendre sans grande envergure ni légitime ambition. Leur parcours n'ayant pu être celui des universités, ils essayaient seulement de prolonger leurs rêves de gosses. Rêves qui ne les avaient jamais quittés et qui faisaient parti de leur milieu, de leur éducation et du degré de leurs possibilités de s'affirmer, de se convaincre d'exister ! Ils en étaient restés à reproduire ce qu'ils avaient découvert sur l'écran de cinéma de leur quartier, et sur le déroulement des bandes dessinées dont ils se nourrissaient. Leurs ambitions n'étaient pas démesurées ! Ils savaient se contenter de peu, vivant de petits arrangements avec des bandes rivales plus aguerries. Ils échangeaient avec elles ce qu'ils pouvaient glaner par-ci par-là, se complaisant dans leur état d'autonomie et de liberté envers les lois dictées et établies. Ils avaient créés leur espace de non droit et refusaient toutes formes d'allégeances, sans jamais outrepasser les limites qu'ils s'imposaient. Ils restaient constamment en équilibre, entre la petite délinquance et des moyens plus importants n'existant que sous formes de projets qu'ils abandonnaient le plus souvent avant qu'ils ne se réalisent. Refusant la violence et fuyant les coups durs, leur monde était surtout fait de mise en scène pour acteurs de second plan. Jusqu'à présent, leur culot et leur désinvolture les ayant servis, ils étaient passés entre les mailles assez lâches du filet d'une police plutôt mal organisée. Plus qu'une atteinte envers les personnes et les institutions, ce qu'ils représentaient était une attaque contre le conformisme. Cela, ils en étaient conscients ne durerait pas ! Mais pour le moment, ils profitaient de leur situation et se réjouissaient du burlesque de leurs aventures. Parallèlement à cela comme dit la chanson, ils étaient capable de donner leur chemise à de pauvres gens heureux, ou malgré leurs protestations, de faire traverser l'avenue à des personnes âgées qui n'en avaient pas l'intention. Ces facéties remontaient à leur enfance !... Les commerçants du coin se souvenant du jour, où, de jeunes garnements munis d'une grosse langue en plastic rose avaient fait du lèche vitrine, et débité menus les rayons d'une roue de bicyclette, qu'ils avaient revendu comme pierres à briquets.

... Assise dans le métro, Anna était plongée dans la lecture d'un roman noir américain à intrigues policières des années cinquante, à connotations plus ou moins burlesques et humoristiques. Elle aimait bien ces histoires loufoques, marginales, au-delà de toute réalité. Cela lui permettait de s'évader et de fuir la grisaille de la capitale. Elle se rendait sur le lieu de son travail où elle allait retrouver des copines. Ensemble comme tous les matins, elles iraient participer à l'entretien et faire la toilette à leur réveil de plusieurs bureaux dans un immeuble dont elles avaient la charge. La station où elle devait descendre étant arrivée, elle remit son roman noir dans son sac noir assorti, qui l'accepta avec difficulté car il avait une fermeture qui ne se fermait qu'aidée par un éclair et cela uniquement par temps d'orage. Après avoir parcouru les longs couloirs du métro où ne souriaient que de mensongères publicités, elle se retrouva dehors. L'air frais de la nuit, lui donna un instant des regrets de sa couche. Il était cinq heures trente ! Le petit bistro qui venait d'ouvrir, éclairait sa part de trottoir comme une bougie d'anniversaire éclaire sa part de gâteau. Lorsqu'elle poussa la porte vitrée, sa meilleure copine Magali, assise à une table lui sourit. A cette heure matinale très peu de monde occupait les tables. Derrière son comptoir, le barman qui venait de purger une peine sans l'aide de purgatif, désengorgeait les buses (qui bien qu'elles soient variables, n'avaient rien de rapaces) de sa machine à cafés. Dans une débauche de pressions et de vapeurs, après que les dites buses aient servi à chauffer du lait contenu dans un pichet en inox destiné à la confection d'un café crème pour un client du comptoir, le premier petit noir de la journée fut pris. Il chassa les idées de même couleur, donnant le départ d'une remise en forme et celui des premiers mots échangés. Les halls des bureaux qu'elles devaient nettoyer se trouvaient de l'autre côté de la place où la nuit persistait. Dehors, d'autres femmes d'entretien les apercevant leurs firent un signe de la main. Elles quittèrent la tiédeur du bistrot et les suivirent. En passant devant le comptoir, le barman leur fit un sourire constipé, car apparemment la purge n'avait eut sur lui aucun effet. Sorties du café, Anna et son amie suivirent le petit groupe. La place noire était vide, devant elle marchait

Magali. Elle avait un joli nom, qui sentait le Midi... les marchés de Provence ! Avec elles il y avait aussi : Aïcha, Franca, Helena ! Jeunes femmes qui venant du Sud et de l'Est, (très peu du Nord et de l'Ouest) se retrouvaient à Paris pour se faire une place au soleil ; soleil qui pour le moment tombait en morceaux. Les balais qui ne venaient pas de l'Opéra, les peaux de chamois qui ne venaient pas des hautes Pyrénées, les serpillères et les seaux qui venaient un peu d'où ils voulaient, tout cela travaillait dans un ronronnement d'aspirateurs qui aspiraient toujours à de meilleures conditions ; pour eux, et pour ceux et celles qui les utilisaient. Anna ne se plaignait pas ! Ensemble avec Magali sur le chemin du retour, elles allaient avec le même état d'âme au devant des mêmes difficultés, des mêmes espérances. Bien que Magali récemment mariée, ait d'autres chats à fouetter qui la tenaient bien au-delà de ces préoccupations.

Anna travaillait à mi-temps, ce qui lui permettait après les bureaux, de se rendre dans l'appartement du monsieur d'un certain âge qu'elle entretenait de son mieux. (Il s'agissait bien sûr de l'appartement !) Le monsieur en question depuis un certain temps voyait les choses différemment ; comme si un voile de pessimisme s'était déchiré, dévoilant un coin de ciel bleu. Ce changement qu'il ne pouvait expliquer, était apparu soudainement sans qu'il y prenne garde ; comme un sourire de bienvenue, un rayon de soleil, une vision nouvelle. Sans vraiment comprendre il se laissait porter par cette récente transformation, qui lui permettait de considérer et de voir d'un nouvel œil tout ce qui l'entourait. Sans le savoir, Anna était un peu la cause de ce changement qui s'était opéré. Dans ce vieil appartement au milieu de bibelots d'un autre âge, de tapisseries démodées, de meubles enracinés dans un sol anciennement parqueté, sa jeune présence, sa spontanéité, apportaient cette légèreté, cette note de gaieté qui changeaient l'atmosphère. Le bahut dans l'entrée se rappelait ses années de lycée, et les tapis du séjour venant d'Orient, se souvenaient du temps lointain où ils pouvaient se déplacer dans les airs, alimentant certains contes des mille et une nuits. Une fois dans l'appartement, Anna évita de faire trop de bruit afin de ne pas réveiller monsieur Vassalecq. Après avoir dans la salle de bain fait quelques rangements, aéré le bureau, refermé les fenêtres qu'elle avait entrouvertes, elle alla dans la cuisine ranger des ustensiles qui, sciemment s'étaient mis en dérangement. Elle fit du café. Puis, ayant mis la machine à laver la vaisselle en marche, elle retourna dans le séjour. En attendant que se termine le cycle de lavage, elle s'assit le dos à la fenêtre, dans un vieux rocking-chair en bois garni de coussins. Ayant sorti le roman noir de son sac noir assorti qui n'était pas fermé, avec l'aide d'un rayon de soleil qui filtrait à travers les rideaux ridés aux traits tirés, elle se replongea dans la lecture.

… L'équipe était composée de ''Petit Jo'' conducteur émérite. Qui, depuis son plus jeune âge rêvait de voitures, de formule 1, et ne se sentait chez lui que les mains sur le volant et les pieds dans le cambouis. Il était capable dans sa tête, de vous remonter entièrement un moteur, un bandeau sur les yeux et les mains attachées dans le dos ; mais il lui fallait pour cela un sacré remontant. Il y avait ''Franck globule'' qui avait une sainte horreur du sang et qui chaque fois qu'il se coupait en se rasant tournait de l'œil. Ce qu'il revendiquait en se mettant constamment les paupières à l'envers. Ce handicap représentait pour lui un méchant dilemme. Il avait le choix entre : ne plus se raser, ou employer des lames qui ne coupent pas. Evidemment il ne fallait pas lui parler de rasoir électrique, petit cousin de l'horrifiante chaise. Instrument de torture qui, il se le demandait avec effroi ! « Avant qu'elle ne soit électrifié, avait-elle été comme les locomotives…à vapeur ? » Si tel avait été le cas, plutôt qu'électrocutés les condamnés à mort furent alors bouillis ? Cette éventualité qui le terrorisait, lui occasionnait des nuits cauchemardeuses. Le suivant était ''Toine la tonne''. Frappé de boulimie, il dépassait allègrement les cent trente kilos et vu sa petite taille, en était devenu plus large que haut. Il alimentait constamment cet embonpoint et remplissait ses bourrelets afin d'éviter qu'ils ne retombent, par une réserve de deux ou trois hamburgers qu'il trimbalait dans les poches de son ample veston. Quand au dernier qui était resté sur le trottoir et qui complétait ce charmant quatuor ; la police l'ayant oublié pour courir après les fuyards, il n'avait pas manqué après s'être débarrassé des déjections canines et avoir fait une petite sieste, de rejoindre l'équipe. Il s'agissait de "Fred Sopo", surnom provenant d'abréviation de soporifique. Qui lorsqu'il ne dormait pas, avait souvent des idées lumineuses et était par ce fait devenu le stratège éclairé du groupe. Tous assis en rond autour d'une table carrée, "Toine la tonne" bavant sur un plat de spaghetti en sauce qu'il avait devant lui et qui faisait suite à une copieuse salade de pommes de terre, d'oignons et de haddocks fumés, avança l'idée de kidnapper la fille du chef de la police. Et "Fred Sopo" de surenchérir : « On pourrait en échange exiger des entrées permanentes et gratuites pour toutes les salles de cinéma de la ville !» Car les autorités refusaient comme dans tout lieu public, toutes associations de malfaiteurs. Ils étaient tous les quatre adeptes des films en noir et blanc et fervents admirateurs de Paul Muni, Humphrey Bogart, Georges Raft…etc. S'ils préféraient les films en noir et blanc, c'était aussi par solidarité pour leur ami Franck. Car sur l'écran alors, la vue du sang dépourvu de couleur n'avait sur lui aucun effet néfaste. Ne se séparant pour ainsi dire jamais, cette discrimination à leur égard leur était insupportable. Et il fallait tout faire pour lutter contre les mesures abusives des honnêtes gens, qui si on les laissait faire, verraient d'un très bon œil qu'on s'aligne sur leur façon de vivre. Abus flagrant d'autorité et d'incompréhension envers les groupes minoritaires. Ils tombèrent d'accord sur la marche à suivre concernant l'enlèvement de la fille du chef de la police, et les préparatifs du rapt furent mis en œuvre. Ils se renseignèrent sur les habituels allers et venues de leur victime. ''Petit Jo'' la suivit durant toute une semaine. Un jour où il l'approchait d'un peu trop près, il reçut de la part de celle qu'il suivait de violents coups de pieds dans les tibias, suivis d'un coup de genou dans le bas ventre. Ce qui lui permit de constater après avoir repris son souffle et remis de l'ordre dans ses affaires, que ce n'était pas une fille facile à approcher. En boitant piteusement, ''Petit Jo'' rejoignit ses comparses qui ne se découragèrent pas pour autant ; étrangers qu'ils étaient à cette brutale prise de contact. Après que ''Petit Jo'' ait pansé ses plaies, pensé à se munir d'une coquille et de protèges tibias, ils décidèrent de poursuivre leur entreprise. C'est en ouvrant le journal du matin en page sportive, que ''Fred Sopo'' trouva la solution. Une photo représentait deux joueuses de tennis en tenue et raquette, avec un titre qui les séparait. *« Dimanche prochain verra la finale de l'open de tennis qui opposera : Mélanie Moroso, à Sabine Sorriso !»* Seule la seconde joueuse les intéressait ! Car en plus d'être la fille d'une personnalité, elle possédait un patronyme plus avenant. Cette annonce dans le journal était l'occasion qu'ils cherchaient, afin d'approcher sans risque Sabine Sorriso fille de Marco Sorriso, chef de la police du district. Cette idée lumineuse avait jailli dans le cerveau de Fred, la tête pensante du groupe. Pour le remercier afin qu'il se refasse les neurones, ses amis à l'unanimité lui offrirent quatre heures de sieste dans un des plus baux hôtels de la ville. Repos qu'il prit bien volontiers ; car la réflexion du plan de ce vol lui avait coupé les ailes et laissé sur le tarmac en panne de carburant intellectuel !… Afin de fêter l'heureuse initiative de son ami Fred, Toine en profita pour s'envoyer un mètre dix de boudin noir aux pommes, accompagné d'une abondante crème chantilly…

Après lui avoir glissé doucement des mains, le livre tomba sur le tapis qui l'accepta avec réticence. Anna, fatiguée par le manque de sommeil dû à l'heure matinale à laquelle elle se levait, s'était endormie. Lorsque Monsieur Vassalecq pénétra dans le séjour, c'est ainsi qu'il la trouva ;

telle une sirène, posée sur son rocher en forme de fauteuil. Après avoir pris une tasse de café et s'être préparé, sans bruit, sur la pointe des pieds, il traversa l'appartement et derrière lui referma doucement la porte d'entrée.

... Il faisait très chaud ! Des coquillages brillaient sur la plage. Des colliers de perles d'eau disparaissaient dans le sable humide chaque fois qu'une vague venait mourir. Les dunes faisant gros dos, offraient leurs fronts échevelés d'herbes sèches, au vent venu du large porteur de danses, de rires et de fados. Allongée sur la plage, elle entendait au loin des accords de guitares qui montaient du port. Des lumières dansaient sur les flots. Au loin sur les rochers, de blanches maisons les pieds dans l'eau leurs jupes retroussées jusqu'à leurs volets, portaient sur leurs épaules le ciel bleu de l'été... et il faisait si chaud !... Si chaud !... Qu'un sentiment d'étouffement la fit se réveiller. D'abord surprise, ne sachant où elle était ; puis, plus surprise encore quand elle s'aperçut qu'une couverture sans lui en demander la permission sur elle s'était étendue. Rapidement, gênée, elle se mit debout. Dans la cuisine la machine à laver la vaisselle s'était arrêtée. Elle la vida de son contenu ; remettant en place les couverts qui se laissant faire, devant elle se découvrirent. Elle récupéra son livre qu'elle arracha aux franges du tapis dépourvu de franchise, qui après mures réflexions romanesques aurait bien voulu se l'accaparer. Elle le mit dans son sac noir ouvert, car il n'y avait toujours pas d'éclair pour en commander la fermeture. L'appartement était vide ! Lorsqu'elle le quitta, le bahut chinois goguenard esquissa un sourire en coin.

Monsieur Vassalecq, quittant son appartement occupé par la belle dormant sur son fauteuil de bois, se dirigea vers le marché aux fleurs. Chose qui ne lui était pas arrivé depuis fort longtemps. En ce début de printemps, les kiosques et les bancs offraient une multitude d'espèces différentes composant un espace de délicats parfums. Des gens parcouraient les allées, leurs bras se terminant par des sacs pleins de couleurs aux formes variées. Des gerbes éclataient en fusées, en pétales. Des bouquets d'étincelles faites de rouges et d'ors, éclairaient des lancées de verdures, des retombées de feuilles. Des montées d'arbrisseaux enlaçaient des tuteurs, droits et fiers de leurs protégés. Des floraisons en pots aux pensées agréables. Des lits de plantes vertes, reposaient au milieu de tapis fait d'innombrables fleurs. Monsieur Vassalecq se fit confectionner par la marchande un bouquet qu'il ramena chez lui. En le voyant passer devant sa loge son bouquet à la main, la concierge qui déjeunait faillit en avaler sa tranche de jambon. Il marcha sur la queue du chat qui miaula de plaisir, et déclina l'offre de la cabine ascensionnelle et boutonneuse qui timidement lui entrouvrait sa porte. L'appartement était sombre et triste depuis le départ de la belle endormie. Afin d'un peu l'égayer, il mit les jeunes fleurs dans un vieux vase un peu vaseux, ayant perdu depuis longtemps l'idée saugrenue de se faire fleurir, et chercha le meilleur endroit pour l'exposer. Finalement il le posa dans l'entrée, sur le bahut chinois qui se mit à éternuer car il était allergique aux fleurs coupées.

Les beaux jours étaient de retour. On ne sait où ils avaient passés l'hiver ? Mais qu'importe ! On les acceptait bien volontiers même si parfois ils avaient grise mine. Les premières hirondelles voletaient dans le parc, et les premiers bourgeons rosissaient les branchages dénudés. Des flaques d'eau de pluie reflétaient des soleils timides n'osant pas se montrer. Ils se dévoileraient bientôt dans quelques jours, chauffant de leurs rayons le bronze des statues ; invitant à s'asseoir sur les bancs des allées des amoureux transis, échafaudant leurs projets d'avenir. Et des vieux, rescapés d'une si longue attente, d'une trop longue nuit de froidures et d'exil au bord du temps qui passe. Anna déambula un moment au milieu d'enfants qui jouaient et qui reprenaient les jeux qu'ils avaient délaissés l'été dernier. Certains avaient grandis et disparus, abandonnant leurs places à d'autres issus de leurs poussettes. Les parcs ont ceci de bien particulier ; c'est qu'ils réunissent les trois temps importants de l'existence. Le présent, le passé, le futur ! Tout cela se conjugue et se mêle en d'identiques lieux : autour d'un même bassin ou sur quelques vieux bancs le long d'allées paisibles, accueillantes, bienvenues ! Anna hésitait à rentrer et à se retrouver seule, dans le petit deux pièces qu'elle occupait avec sa mère dans le quartier latin. L'appartement faisait parti d'un vieil immeuble de trois étages donnant sur une cour intérieure. Au troisième, logeait une vieille fille en compagnie de ses chats qui la protégeaient du monsieur du deuxième ; qui lui, possédait deux petits chiens hargneux et fort bruyants. Chacun des deux locataires rejetant la faute sur l'autre, de certains oublis animaliers dans la cage d'escalier. Entre les deux personnes impliquées, on assistait souvent à des prises de becs (heureusement sans dent) ; auxquelles chiens et chats assistaient tous crocs et toutes griffes rentrés, en affichant un réel détachement et une parfaite innocence. Anna et sa mère qui logeaient au premier étage, recevaient des deux antagonistes situés au-dessus d'elles, des confidences qui allaient souvent bien au-delà des reproches faits à leurs animaux respectifs. C'est ainsi qu'Anna apprit sans le vouloir, que le monsieur aux chiens était un ancien collabo pédéraste, et la dame aux chats une vieille prostituée à la retraite. Etant donné qu'avec du vieux on ne fait pas du neuf, chacun campait sur ses positions et vouait à l'autre une indéfinissable et incommensurable haine. Comme quoi, assujetties à une des lois de l'univers : « Rien ne se crée, rien ne se perd, tout se transforme » les réputations qui, issues de lointaines querelles elles aussi durables et indestructibles, ressortent aux moments opportuns et font des gorges chaudes. Il valait mieux dans ces cas là, garder une parfaite neutralité et disparaître en invoquant une affaire pressante.

Après avoir fait un tour en ville, fait du lèche vitrine, apprécié certains effets féminins qui vu leurs prix elle hésitait à s'offrir, elle se décida à rentrer. Pour ne pas changer il pleuvait ! Les rares passants pressaient le pas. Dans le quartier, elle s'arrêta un moment chez le charcutier traiteur pour son repas du soir, car il était tard ; pas loin de vingt heures ! Elle n'avait pas envie de se mettre à cuisiner. Pour atteindre la boutique dont la vitrine malgré l'heure tardive était encore éclairée, elle traversa la chaussée et passa devant une palissade recouverte d'anciennes publicités, qui masquait en partie des travaux de démolitions. Il s'agissait de locaux abritant d'anciens ateliers depuis longtemps désaffectés, dont le sol était jonché de restes de murs et de vieilles toitures.

Le patron traiteur, accueillit sa dernière cliente de la journée avec un large sourire et la traita du mieux qu'il put. Car il la connaissait en tant que voisine, qu'il voyait surtout assidûment passer devant la grande vitre de sa boutique ; amenée par un rayon de soleil, comme un spectre haché sous les traits de la pluie. La femme du traiteur qui était intraitable, avait un œil sur la caisse et l'autre sur son mari, qu'elle semblait surveiller comme un plat dans le four. Son traiteur de mari ayant dans le quartier la réputation gratinée, de traiter certaines affaires croustillantes avec légèreté. Toutes farces mises à part, après avoir laissé le commerçant régler ses comptes avec sa caisse et sa soupçonneuse épouse, rentrant chez elle, Anna croisa vêtu d'un imperméable le monsieur aux deux petits chiens qui la salua. Comme chaque soir pour leur faire prendre l'air, il faisait faire à ses deux petites bêtes une longue promenade en direction d'un des ponts qui rejoignaient les deux rives. Après avoir grâce à lui et avec elles enjambé le long ruban liquide, sa sortie nocturne le conduisait vers le quartier du Marais. Le seul fait d'évoquer ce nom de Marais, éveillait en lui un passé de jeune collégien aux mœurs pas toujours académiques. Il avait eu des aventures autant féminines que masculines, mais dans chacune d'elles il avait recherché l'image de Jean !… Jean Marais !… Son idole de toujours ! Immense figure du cinéma français de l'après-guerre, à la grande et longue carrière et à la beauté qui faisait battre de nombreux cœurs ; principalement le sien ! Il n'avait raté aucun de ses films et entretenait pour sa chère et admirable « star », une secrète et tenace admiration. Admiration qui ressemblait fort à un sentiment amoureux. Ce qui donnait au quartier concerné malgré qu'il n'ait aucune affinité avec la vedette aujourd'hui disparue, un parfum d'« Eternel retour ». Du moins pour le monsieur qui en ses rues vagabondait. Il avait d'ailleurs baptisé ses deux petits chiens : "La belle" et "La bête". Et lorsque chez lui près de son lit, il voyait dans un cadre la photo de son idole, le matin en s'éveillant le coq tôt chantait ! Parti comme il l'était, pour lui, son hallucinant rêve ne prendrait jamais fin !... A moins que venant du ciel, une tuile ne lui tombe sur la tête !

Une lettre était dans sa boite. Anna s'empressa après l'avoir pourquoi pas "désemboitée", de la désenvelopper. Maria ! Sa mère enfin lui donnait de ses nouvelles. Elle lui disait sa joie d'avoir retrouvé les siens ; la famille, le village. Et qu'elle ne regrettait qu'une chose, c'est que sa fille ne soit auprès d'elle pour pouvoir ensemble en profiter. Sa tante Amalia l'embrassait et espérait bientôt la revoir. Car comme écrivait sa mère, son retour au pays mettrait fin à l'attente de la tante et du reste de la famille. Contente d'avoir reçu des nouvelles de sa mère et du pays, elle se sentit rassurée. Avant de se coucher et afin de trouver plus rapidement le sommeil, elle parcourut quelques pages de son roman.

... Tout le monde étant tombé d'accord, ils décidèrent après concertation que le rapt aurait donc lieu dimanche. Ils désignèrent "Franck globule" pour servir d'appât et donner confiance à la belle mais méfiante Sabine. Des quatre compères, c'est lui qui avait le plus d'allure et qui présentait le mieux ; avec ses costumes très bien coupés, et son permanent œillet blanc à la boutonnière. Et puis il fallait bien le reconnaître ; durant ces longues années, c'était le seul à avoir gardé la ligne. Ce qui fini de décider le reste du groupe d'opiner en sa faveur. Cela devant se passer sans effusion de sang, il ne prendrait aucun risque. La seule difficulté était : qu'il lui fallait en vu du match, prendre la place d'un juge de lignes ; ceci, afin d'approcher la joueuse sans qu'elle y prenne garde. De toute façon, il était le seul à pouvoir remplir ce rôle qu'on ne pouvait confier à Toine, qu'il aurait fallu alimenter à chaque changement de côté, pas plus qu'à Fred, qui risquait entre deux sets de prendre le filet du court pour un hamac. Quand à Jo, on en avait besoin pour déguerpir en vitesse quand l'affaire serait terminée. Le samedi veille du jour décisif, Franck assis devant un pot, potassa des documents que lui avait donnés Toine. Malheureusement vu l'insatiable appétit de Toine, il s'agissait de bouquins sur le tennis de table. Lorsqu'il se trouva sur le court, Franck vit tout de suite que les dimensions ne correspondaient pas. Mais pour une fois qu'on lui donnait une place de juge, il n'allait certes pas s'en priver.

La substitution du juge de lignes se fit dans les vestiaires. On proposa au juge normalement désigné, une agréable partie de pêche en mer avec l'assurance d'une remontée de gros poissons ; ainsi que pour une fois, une ligne dans les mains. Ligne qui hantait ses nuits et ses jours de match. Cette pêche se déroulerait sans l'aide d'un ridicule filet, et bien sûr sans jets de balles qu'il était préférable d'éviter. Envisageant l'attrait d'un dimanche passé loin des cris de la foule et de l'éprouvante chaleur des courts, une fois la ligne jaune aisément franchie, il décida de faire une entorse à sa ligne de conduite ; préférant en définitive le mouvement naturel des vagues, à la ola d'un houleux public. Le changement de tenue se fit rapidement, juste avant l'entrée dans l'arène au milieu des cris et des bravos d'une généreuse assistance.

Le premier set dont les jeux se succédèrent, était aligné comme sur une table de joyeux convives. Sur la nappe tendue, rebondissaient de petits soleils jaunes qui faisaient courir les filles et les mettaient dans tous leurs états. Au fil des jeux, elles poussaient des cris ressemblant à des râles qui allaient crescendo et ne s'interrompaient qu'à la suite d'un coup gagnant, perdu pour l'adversaire. A peine le repas commencé, on en était déjà aux félicitations. Sabine remporta la victoire avec une facilité déconcertante. Mais Franck n'alla pas jusqu'au dessert. L'entrée fut légère et savoureuse, agrémentée de hors-d'œuvre appétissant. Une fois Franck installé, en début de partie le côté pile de Sabine lui faisait face. C'est à dire son dos et tout le reste lui attenant ! Ce qui fait qu'en fait de lignes, il admirait surtout celle de ses jambes. Les sauts répétés et les déhanchements des joueuses, le plaçaient en spectateur particulièrement attentif. Au changement de côté, on remit le couvert. Mais cette fois Sabine lui dérobant son dos, il la voyait de face. L'endroit valait l'envers, surtout que l'autre joueuse qu'il avait à présent plus proche de lui, à ses yeux était transparente. Hélas cela ne dura pas ! Au premier smash trop long que Sabine rata dans lequel elle avait mis une force inouïe, ayant quitté sa chaise pour se rapprocher des joueuses, il prit la balle entre les deux yeux sur l'arête du nez. Son éblouissement fut total ! Un véritable coup de foudre venait de le frapper. Il tomba en arrière et aussitôt un flot de sang que son nez ne put contenir, apparut sur le devant de sa chemise. Dans un battement de bras il essaya bien en excusant le geste, de minimiser l'importance de l'impact. Mais la vue de son propre sang le fit tourner de l'œil. Le temps d'évacuer le blessé, la rencontre fut interrompu. Lorsqu'elle reprit, Sabine mit rapidement un terme à ces échanges de balles et aussitôt son trophée remporté, se rendit à l'infirmerie pour prendre des nouvelles de son innocente victime. On lui indiqua que le blessé par balle issue d'aucun canon d'arme à feu, suite à une fracture du nez ayant provoqué une hémorragie obstruant l'arrivé d'air dans ses vrais fosses nasales, avait dû rejoindre l'hôpital pour y être opéré. Sans même prendre le temps de se changer elle se rendit à son chevet. Un jeune docteur la voyant déambuler dans les couloirs en minijupe et la raquette à la main, lui proposa une partie en cinq sets. Ayant compris dans son trouble et son égarement entre cinq et sept, elle lui asséna un coup de raquette qui laissa le docteur sur le tamis. Alors que le personnel hospitalier s'empressait auprès de leur proche victime presque éteinte ou du moins très tamisée, dans une chambre sur un lit elle trouva Franck qui venait de sortir d'un rêve…"Il marchait sur un vaste tapis moelleux et neigeux, ses pieds pris dans des raquettes. Au loin sorti de son nuage, venait vers lui un ange ! Léger, tout de blanc vêtu, il lui souriait ! Lui-même, était pris entre les mailles d'un filet dont l'ange qui s'était rapproché laissant voir à présent son visage, était prêt à l'en défaire." Libéré, il ouvrit doucement les yeux. Un visage était penché sur lui ; c'était celui de Sabine ! L'ange dont il rêvait ! Il avait lui-même le haut de la face dissimulé derrière un masque blanc qui lui dévorait le nez, suite d'une opération tentée pour lui en sauver la rectitude. Repentante, confondue en excuses et sincères regrets, pour se faire pardonner elle lui prit et caressa la main ; main dont les doigts s'agitèrent en signe de reconnaissance, se laissant faire en regrettant de ne pas être plus nombreux. Muet d'émotion, bouche close, ne pouvant même pas parler du nez mais envahi d'une chaleur inattendue, il se sentit à son tour pousser des ailes ! Sabine proposa à Franck de venir le chercher le lendemain, pour fêter avec elle et quelques amis sa présente victoire qui coïncidait avec son anniversaire. Ebauchant un timide sourire il ne se le fit pas dire deux fois. Il accepta aussitôt l'invitation en clignant doucement des paupières. Après le départ de Sabine il se rendormit. La nuit qui suivit fut peuplée de nymphes, de naïades qui évoluaient sur des cours calmes et sereins.

La soirée du lendemain se passa dans la joie et l'allégresse. Dans leur nouvelle voiture dont ses occupants avaient suivi à distance les événements de la veille sans trop bien les comprendre, les trois autres comparses qui n'avaient pas abandonné leur initial projet, rongeaient leurs freins. Surtout Toine qui se plaignait de n'avoir rien à se mettre sous la dent. Et pour le coup, bien que ne trouvant pas le frein à sa convenance n'eut rien d'autre pour réfréner son appétit et dut s'en contenter. Toine avait bien essayé de rendre visite à Franck dans sa chambre d'hôpital, ne serait-ce que pour avoir quelques explications sur la tournure de leur affaire, et les rapporter au reste du groupe. Mais après avoir franchi de nombreux couloirs, monté et descendu plusieurs étages, il ne sait pourquoi il s'était retrouvé devant la porte des cuisines. N'écoutant que son courageux appétit, après s'être introduit dans ce lieu, il avait ouvert les frigos qui avaient des portes aussi aimables et maniables que celles de prisons, mais heureusement n'étaient pas fermées à clé. Dans la cuisine déserte à cette heure de l'après-midi où flottaient encore des relents froids de pitance élaborée, il s'était attablé devant un magnifique gigot qui depuis longtemps ne gigotait plus, attendant patiemment d'être débité en fines tranches ; mais avait à ce qui lui sembla dans l'état où il était encore, fort bonne allure. Dérangé durant son repas au risque de s'en bloquer la digestion, aidé de l'os de son gigot qu'il n'avait pu terminé de désosser, il assomma un surveillant trop curieux, après l'avoir mitraillé d'une multitude de petits pois qui accompagnaient cette mise en appétit. Surveillant, qui l'avait surpris et qui, gigotant devant lui tentait de lui enlever le pain de la bouche. Une fois sonné, le perturbateur qu'on n'avait pas sonné n'avait pas pesé lourd. Il s'était retrouvé sur le sol étendu au milieu de petits pois, tel un gigot refroidi. Emportant au passage deux poulets rôtis qui ne demandaient qu'à s'envoler, Toine, prit chose qui vu sa corpulence il avait le plus grand mal à réaliser … ses jambes à son cou !

Cette intrusion inopinée dans les locaux privés de l'hôpital sans y être invité, aggravée de coups et blessures, de grivèlerie et de vol de denrées avec délit de fuite, fut portée aux discrédit du groupe qui déshonorait la ville et dont on avait aperçu la Cadillac noire qui rôdait autour du lieu des délits. Se sentant désormais trop facilement repérables, nos malfaiteurs toujours encouragés par Fred le stratège et ses pensées averties qui fusaient éclairantes dans l'obscurité, décidèrent de changer de voiture. Ils troquèrent avec au cœur de déchirants adieux, leur complice et vieille grosse CADILLAC noire qui était devenue trop voyante, contre une non moins jeune grosse BUICK jaune citron, appartenant alors à un asiatique entre les deux âges, au teint bistré et aux yeux bridés. En faisant débrider le moteur de sa voiture, celui-ci en avait profité pour se faire arrondir le regard. Mais comme la double opération fut réalisée par le même homme ; c'est à dire le garagiste du coin qui prétendait avoir aussi quelques notions chirurgicales apprises à l'armée lors de son dramatique séjour au Vietnam, notre malheureux asiatique après l'intervention, se retrouva inopinément durant un certain temps, avec les paupières constamment ouvertes. Même lorsqu'il dormait ! Ce qui lui permit de voir le soleil se coucher et se lever, sans un battement de cils. L'échange des deux voitures ne se fit pas sans regret et sans une acide amertume. Alors que nos trois compères espéraient avec leur nouvelle Buick jaune citron ne pas avoir trop de pépins, des larmes troublèrent leurs regards lorsqu'ils virent s'éloigner leur fidèle CADILLIAC noire ; leur bonne grosse et vieille amie, les phares anormalement embués et les feux arrières clignotants de détresse. L'asiatique récupérateur, surpris devant la réaction de sa nouvelle voiture, ajouta à sa surprise des yeux tout écarquillés ! Chose qu'il n'aurait pas pu faire auparavant !

Pour Franck la soirée fut merveilleuse... inespérée ! Il était subitement sorti des tripots enfumés, des lieux de perdition obscurs et clandestins, des odeurs rances et fétides d'arrière-cours, de trottoirs mal famés sur lesquels on faisait de mauvaises rencontres ; de terrains vagues dépourvus d'abri, fragilisés, en attente de béton abondamment armé. De palissades outra-

71

geusement taguées. D'immeubles insalubres aux entrées sombres, propices au guet-apens ; de filles provocantes au verbe haut, aux bas instincts et aux accouplements rapides et marginaux. Sabine lui présenta son père chef de la police. Franck, anonyme derrière son masque qui l'empêchait d'être démasqué, se sentit protégé. Lui qui au départ de toute cette affaire avait eu des intentions plutôt belliqueuses et malhonnêtes, se retrouvait en cet instant en pleine lumière ; calme, parfaitement amadoué, un peu traité comme un héros au côté d'une ravissante créature qui semblait lui porter quelques intérêts. Lorsqu'en fin de soirée Sabine insista pour le raccompagner, son père proposa de leur joindre un de ses inspecteurs ; car la nuit la ville n'était pas très sûre, à cause d'un groupe de quatre voyous qui circulaient à bord d'une grosse Cadillac noire. Voyous, que lui chef de la police, ne tarderait pas à démasquer et à mettre sous les verrous. Derrière son plâtre facial qui en l'occurrence lui servait de masque, Franck se sentit rougir. S'éclipsant en douce avec Sabine, ils laissèrent sans eux la soirée se terminer. Lorsque démarra la Triumph dans laquelle Sabine et Franck avaient pris place, la grosse BUICK jaune citron sans se presser mais sans la lâcher d'un zeste, la pris en filature. A son bord ses trois occupants étaient heureux du bon tour qu'ils venaient de jouer à ceux qui les recherchaient. En changeant de voiture, ils avaient changés pour ainsi dire de conduite. Exhibant assorties à cette dernière des figures enjouées en forme d'agrumes, aux sourires pleins de vitamines. Les deux voitures à bonne distance l'une de l'autre roulaient en direction du port. La lune énorme, ronde et pleine, couleur orangée, telle un ballon de baudruche échappé d'une fête, avait fait son apparition et observait la scène. Alors que Toine, semblable à un gros pamplemousse en tenue estivale occupant toute la banquette arrière, sirotait un énorme cocktail de jus de fruits, à l'avant, Jo impassible, conduisait. Il rêvait d'Indianapolis et d'autres excitants circuits pleins de vitesse et de bruits ; pendant que Fred arborant une chemise couleur mandarine, entre deux assoupissements que la route lui infligeait, sifflotait avant de se rendormir : " Strangers in the night "…

Auprès de sa conductrice, qui dans une robe en lamé crispée sur son volant ne lâchait pas la route des yeux, Frank croyait rêver ! Se prenant pour ''Sinatra'', il se voyait projeté sur grand écran dans un film en technicolor, au côté d'une jeune actrice américaine qui venait de le sortir d'un mauvais pas. Son passé et ses acolytes pourtant très proches, étaient bien loin derrière lui. Et dès lors, dans la Triumph, bien calé dans son siège en cuir jaune ''Poussin'', il sut : que l'enlèvement de l'unique Sabine même sortie de son cadre, n'aurait jamais lieu !

Anna marqua la page de son livre qui n'acceptait pas les remarques, et avant que celui-ci ne l'ouvre, le referma. Après avoir pensé à son existence fade et solitaire, elle évalua le nombre de chances qu'elle avait de sortir de cette vie monotone, sans véritable issue qui puisse la satisfaire. Ses chances étaient bien minces ! Depuis son départ, José n'avait pas encore écrit. N'étant pas homme de lettres et encore moins de communications, la liberté dont il jouissait, faite : du retour au pays, des amis retrouvés, tout cela contribuait à creuser d'avantage le fossé qui entre eux s'était installé ; accentuant l'oubli, le passé, la séparation. Elle ne lui en voulait pas car à sa place, elle aurait peut-être agi de la même façon. Ce qui ne faisait que dévoiler la nature de leurs liens, faciles à se distendre et à se dénouer. N'ayant pas eue d'enfant, vu sa situation et ses incertitudes elle n'en éprouvait pas un désir absolu. Après avoir rejeté toutes ces pensées négatives, elle se coucha et s'endormit presque aussitôt.

Pourtant, elle fut tirée de son sommeil par un bruit insolite ; si proche, qu'il l'avait réveillée. Elle avait par habitude de dormir la fenêtre entrouverte et le moindre son extérieur se répercutait dans sa chambre. Elle s'assit sur son lit, se demandant s'il s'agissait d'un cauchemar qu'elle venait de faire, ou si ce bruit était bien réel ? Elle interrogea du regard son réveil qui dormait prés d'elle sur sa table de nuit, disparaissant le jour venu. Aussitôt sollicité, celui-ci qui aurait bien aimé partager sa couche, fit entendre son tic-tac qu'il avait jusque là escamoté par crainte de troubler son sommeil. Il afficha 23h45. Elle n'avait dormi qu'une heure ? Sans éclairer elle traversa sa chambre et par la fenêtre regarda dehors. La pluie avait cessée ; laissant sa place à un vent assez fort qui en s'engouffrant sous le porche, venait buter contre la porte de l'immeuble qui donnait sur une petite cour. Se trouvant au premier étage, l'escalier principal était situé juste sous sa fenêtre. Une vieille applique électrique qui s'accrochait désespérément au-dessus de l'entrée, jetait sur cet espace une faible lumière. Elle distingua une forme affalée sur le sol qu'elle ne reconnut pas aussitôt. Ce n'est qu'après avoir vu ''La belle'' et ''La bête'' tourner en rond autour de leur rêve qui venait de s'achever, qu'Anna comprit de qui il s'agissait et fit le lien avec le monsieur du deuxième. S'étant enrobée d'une robe de chambre qui reposait au pied du lit, elle descendit précipitamment les quelques marches qui menaient au rez-de-chaussée. Elle s'approcha du corps inanimé. La blessure que le malheureux portait à la tête, rendait autour de lui le pavé plutôt saignant. A proximité, en terre aussi cuite que son destinataire, en plusieurs morceaux une tuile certainement venue du toit, gisait également. Le monsieur paraissait mal en point ! La couverture du ciel ne lui ayant pas entièrement tombée sur la tête mais seulement une de ses tuiles, cela provoqua chez son receveur une définitive fracture. Ne sachant que faire, elle remonta précipitamment les quelques marches qui menaient au premier étage, suivie de ''la belle'' et ''la bête'' qui hésitant où aller se réfugièrent finalement sous l'escalier, espérant y trouver un abri sûr. Ayant vu près du monsieur gisant au sol des débris de tuile, elle fit rapidement les différents rapprochements et liens qui s'imposaient : Tuile… toit ! Toit… cheminée ! Cheminée… fumée ! Fumée… feu ! Feu …pompiers ! La chronologie était évidente et indiscutable ! C'est donc aux soldats du feu qu'elle téléphona. Les pompiers emportèrent le feu monsieur aux petits chiens, qui n'avait pas survécu à cette tuile mal venue. Ayant constaté que sur le toit d'autres éléments étaient manquants, le propriétaire de l'immeuble fut mis en demeure de réaliser d'urgents travaux de recouvrement. "La belle" et "La bête" que l'on retrouva tremblantes sous l'escalier, ayant perdu leur maître amoureux d'une étoile, furent placés en famille d'accueil. Puis la vie reprit son cours normal. Sans hurlements et invectives dans la cage d'escalier, celle-ci put enfin s'ouvrir sans crainte d'une envolée de noms d'oiseaux.

Anna ne savait pourquoi, mais elle ne pouvait cesser de penser à l'issue de ce dramatique accident. Etait-ce le fait de ses lectures de nombreux romans policiers, qui avait aiguisé son esprit de déduction ? Ou bien simplement, l'attitude de sa voisine du troisième qui avait totalement changé à son égard ? Mais elle ressentait comme une certaine gêne, une insatisfaction qui la taraudait. Auparavant lorsqu'elles se rencontraient, la dame aux chats avait toujours à son encontre quelques apartés ou petits mots gentils. Alors que depuis l'accident, elle lui battait froid et semblait l'éviter ; comme si elle avait quelque chose à se reprocher ? Ce comportement bizarre poussa Anna à se poser des questions. Surtout qu'en pensant à la journée où le monsieur aux chiens perdit la vie, certains détails lui revinrent à l'esprit.

Durant cette soirée, avant de rejoindre la boutique du traiteur où elle devait s'arrêter, Anna avait cru voir sur le trottoir d'en face à hauteur des anciens ateliers en démolition, la dame du troisième, en partie dissimulée sous un parapluie. Aurait-elle pu se trouver là ? Et qu'aurait-elle pu chercher à l'orée de ce chantier, au milieu de débris de toitures, et de murs à moitié effondrés ? Avec cette apparition précédant alors le tragique événement, Anna bien sûr n'avait pu faire aucun lien. Il tombait alors une petite pluie fine, et étant donné l'heure tardive Anna avait pensé s'être trompée. Surtout qu'ayant à son tour traversé, longeant la palissade elle n'avait reconnu s'abritant sous leur parapluie aucune des personnes qu'elle avait croisées. Mais un autre détail cette fois plus précis, l'éclaira. Elle était sûre de ce fait qui à ses yeux paraissait être d'une importance capitale. Lorsque à 23h 45 suite à ce bruit qui la réveilla, à l'instant où elle s'assit sur son lit, elle pourrait affirmer avoir entendu venant d'un étage supérieur le bruit caractéristique d'une fenêtre que l'on referme. L'appartement du deuxième étant celui de la victime et l'immeuble ne comportant que trois étages, la déduction était évidente. Surtout que, lorsque la police interrogea pour la forme les locataires de l'immeuble, la dame aux chats s'empressa de répondre « J'ai un profond sommeil et cette nuit là je n'ai rien entendu ! » Que fallait-il faire ?... Cette explication issue des réflexions d'Anna était-elle plausible, ou découlait-elle seulement du fruit d'une fertile imagination ?

Le retour des beaux jours faisait tomber les vestes, disparaître les bas, décolleter les hauts. Le soleil revenu, de légères toilettes prenaient alors la place d'épais et lourds manteaux.

Il décida aujourd'hui ne voulant pas complètement rompre avec ses habitudes, de se rendre aux bureaux voir les affaires en cours. L'homme à la chevelure flamboyante se laissait pousser un mince filet de barbe. Cela ne lui inspira aucun commentaire. Du moins pour le moment. Mais il ne put quand même s'empêcher de penser : ''Qu'il avait mis une anse à son pot de géranium.'' Dans les bureaux chacun paraissait à son poste. Les secrétaires étaient toujours aussi secrètes et les clients toujours aussi distants. On entendait une machine à écrire débiter des sons incompréhensibles émanant d'une écriture invisible, et dans un aquarium des poissons faisaient des bulles que la machine à écrire avait du mal à remplir. Il échangea quelques mots avec un de ses confrères et ne s'attarda point. Se sentant de plus en plus distant et étranger, après avoir apprécié l'élasticité des larges feuilles d'un caoutchouteux caoutchouc qui on ne sait comment avait poussé dans l'entrée, il préféra laisser tout ce petit monde à ses occupations. Dehors, les façades des immeubles lui paraissaient moins grises. Il est vrai que certaines d'entre elles s'étaient abstenues d'avaler fortes boissons, et avaient fait l'objet de récents ravalements ! Le chien du vendeur de journaux qui habituellement grognait à son approche, l'accueillit par des mouvements rapides de sa queue, avec dans son attitude des effets de reconnaissance. En se trémoussant du train arrière il s'approcha de lui. Ce qui fit dire à son propriétaire déprimant au milieu de ses imprimés, qu'en plus de la vue, son vieux chien était en train de perdre également son odorat (flair eut été plus approprié). Réflexion assez désobligeante à son égard, qu'il ne releva pas ! Comme s'il était interdit à un chien de changer d'avis, et d'apprécier aujourd'hui ce qu'hier il méconnaissait. Après avoir salué le chien handicapé mais sympathique, il ignora son maître handicapant et désobligeant, marchand de canards persifleurs. Une fois les civilités envers chacun justement distribuées, il continua son bonhomme de chemin.

Montmartre qui était le lieu de nombreuses pérégrinations de peintres et autres artistes, fut aujourd'hui le but de son vagabondage. Il aimait ses petites rues en pente qu'éclairait une douce lumière. Ses visiteurs, pressés à la descente moins véloces à la montée. Ses petites maisons discrètes et silencieuses. Ses murs empanachés de feuillages en été, lézardés en hiver quand manque le feuillage. Ses fleurs à ses fenêtres, prêtes à se défenestrer afin de fleurir ses parterres. Ses gouttières goulues dès qu'apparaissait une abondante pluie. Ses feuilles éparpillées sur ses pavés luisants, quand une ondée stimule ses ruisseaux qui ruissellent le long de ses trottoirs où trottent des passants. Et sous ses auvents bienvenus, ses minces abris de portes recueillant chats errants. Une place rencontrée le retint un moment. Assis sur l'un de ses bancs il y reprit son souffle. Face à lui une rue qui monte, évidemment ! Des restaurants fermés, des boutiques pareilles. Car l'heure est à cheval entre deux ouvertures. Enfin voilà le haut du tertre ! Sa place, ses cafés, ses peintres, ses touristes. Où, badauds, affairistes, baguenaudent et s'affairent en quête de souvenirs ;

pendant que sous les guéridons de terrasses alignés, quelques petits moineaux quémandent des miettes. Et puis il faut redescendre. Le dos à la basilique qui vous domine et vous regarde vous rendant plus petit, on contemple Paris ! La vue panoramique qui s'offre aux regards est loin d'être parfaite. Une chape de gris enveloppe le tout. On ne voit pas plus loin, que du bas de la butte à quelques encablures des premiers boulevards. Le ciel bas est très bas et bouche l'horizon. La ville est prisonnière d'un étau, d'une cloche. Et nous, contemplatifs, visiteurs de passage nous sommes à sa merci. Quand soudain de là-haut un espoir, quel bonheur ! Un rayon de soleil éclaire le Sacré-Cœur. On engage ses pas dans ce lieu escarpé, qu'un propice escalier invite à la descente. Monsieur Vassalecq le connaît bien, pour l'avoir maintes fois pris et rendu aussitôt. Et encore plus bas, c'est la place Pigalle qu'au début de ce siècle il eut aimé connaître. Le moulin est bien là ! Il rougit de néons de sex-shops éclairés dans la nuit qui s'annonce. A quoi bon s'attendrir le temps est ce qu'il est ! La vie est transformiste. A nous de nous y soumettre et de nous y adapter ! Après avoir rejoint le centre de la ville, il se plongea à nouveau dans son inextricable chahut. Voilà quelques temps, il n'aurait pas hésité à critiquer ses rites, ses artères encombrées, ses gaz d'échappement qui n'échappent de rien si ce n'est de moteurs qui eux nous emprisonnent, ne nous laissant aucune échappatoire. Il y a c'est vrais un moyen radical de s'y soustraire et fuir toutes ses nuisances ; c'est de se séparer d'elles, et s'établir à la campagne ou en tout autres lieux pour un peu y mourir. Du moins pour lui c'est l'effet que cela produirait. Car cette fuite serait sujette à un renoncement, à une désertion, dont il ne peut lui le citadin se soumettre ; du moins pour le moment ! Il espère bien un jour disparaître étant en pleine forme et parfaite connaissance de ses moyens. Bien sur ! Par l'âge physiquement amoindri ; mais entièrement conscient de son acceptation de se détacher, de se soustraire. Alors en attendant, il se contente de rêver. Rêver à cette campagne que les villes rattrapent, sillonnée d'autoroutes rapides et sans détour. Ces longues plaies qu'aucun catgut n'aide à cicatriser et qui après avoir ceinturé les milieux urbains, s'affublent de bretelles pour relier ses voies. Ces voies qui créent des ponts, des viaducs qui enjambent des sites. Prouesses d'architecture il est vrais, résultat de la technologie, qui est et doit rester à sa place évidente : Au service de l'homme ! Voilà qu'elles eurent été ses pensées pessimistes, critiquant ce vertige que nécessite cette fuite en avant de plus en plus rapide. Cet appel à la vitesse, cet emballement progressif qu'on ne peut refréner ; tendant à faire apparaître ce paradoxe : De l'homme assujetti au service de cette technologie, qui l'absorbe, qui l'envahit. Alors qu'actuellement suite à un changement rapide et immédiat tout s'accélère, les modes, les réalisations, la vie en général ; lui, à présent, est redevenu un farouche adepte de la lenteur, de la flânerie, du temps qui prend son temps de passer, de s'étendre, de se dissoudre dans un champ d'éternité dont le rythme d'absorption jamais ne se dément. Il aime cet espace de vie qui lui donne ce pouvoir d'observer en toute quiétude. Etant en même temps contre l'immobilisme, il rejette une évolution inconsidérée, mettant en péril toutes valeurs à ce jour acquises. Fidèle spectateur de ce monde qui s'agite et s'affole sans savoir où il va. Il est proche de ses courbures, ses hésitations, ses ralentissements ; complice de ses effets qui semblent avoir du mal à disparaître, à se détacher de nous. Toutes ces tendances, il les a découvertes assez tôt dans sa jeunesse. Le rêve alors faisait entièrement parti de son bien être. A la traîne des bouleversements que la mode exigeait, il flânait déjà en des sentiers délaissés par ceux de son âge que la vitesse excitait, et qui sans s'en rendre vraiment compte allaient au-devant d'une société de consommation pour le moins abusive et insoupçonnée. Ca n'était certainement pas par calcul qu'il restait en retrait, mais plutôt par un manque évident de dynamisme et une nette absence de volonté. Pourtant plus tard malgré ce refus de précipitation, rien ne l'apparentait à un esprit hésitant et désordonné. Ses idées restaient claires, suffisamment vives et décisives. Mais leurs réalisations passaient par un procédé où comptait le détail, la comparaison ; l'édifiante construction de ces éléments contemplatifs et pourtant déterminants. Tout cela quand il était dans un bon jour ! Car il lui arrivait comme tout un chacun le plus souvent de se tromper, et par générosité pour sa propre personne de minimiser ses erreurs qu'il ne manquait pas de mettre à profit. Cette insouciance dont il s'affublait bien que n'étant pas spécialement du sud où la vie s'écoule au ralenti, devait être dans ses gènes et avec l'âge avait plutôt tendance à s'étendre, à s'affirmer. Depuis quelques temps il avait retrouvé cette nonchalance, ce détachement qui l'avait momentanément quitté durant tout ce temps occupé à se faire une place au soleil ; afin d'atteindre dans la société un certain niveau, relatif à un illusoire bien-être. Ses études d'abord, puis, la vie en général l'avait entraîné à sa suite, à la poursuite de réussites d'affaires ambitieuses, d'hypothétique confort et relative satiété. Il avait lui aussi poursuivi des espoirs chimériques de bonheur et d'absolue indépendance ; ignorant que le temps qui passe, éprouve un malin plaisir à tout effacer à tout anéantir. Et ce n'est qu'à présent, après s'être détaché de toutes recherches et exigences matérielles, de toutes contraintes consécutives à ses activités professionnelles, qu'il retrouvait son insouciance d'autrefois. Désormais le temps ne comptait plus, bien qu'il reste décisionnaire. Seules les saisons rythmeraient ses élans, ses envies. Ses retenues disparaîtraient au profit de folles idées jusque là inhibées ; éloigné de toutes obligations qui jusqu'ici lui avait dicté sa route, compartimenté et limité tout écarts suggérés. Un regain de fantaisie trop longtemps étouffée tentait de réapparaître, retrouver sa place dans ses propos, ses observations, ses libertés par l'âge retrouvées.

Lorsqu'Anna pénétra dans l'appartement, elle remarqua le bouquet dans le vase posé sur le meuble de l'entrée. Elle disparut dans la cuisine et changea l'eau des fleurs qui, assoiffées en avait déjà bu la moitié. Elle ouvrit ensuite l'enveloppe sur laquelle était inscrit son prénom, qu'elle avait trouvée posée au pied du vase de fleurs. Celle-ci renfermait un chèque représentant la valeur de ses services pour le mois, ainsi qu'un petit mot. « Veuillez trouver ce chèque pour le mois écoulé avec un petit supplément à la somme convenue ; représentant mon entière satisfaction pour vos travaux ménagers, ainsi que pour l'attention et l'aide que vous m'avez portée. » Elle apprécia fortement le geste, et quelques questions se mirent à trotter dans sa tête. Qui était en définitive ce monsieur chez qui elle travaillait ? Quelles étaient ses réelles occupations ? Il paraissait comme elle, seul et assez désorienté. Malgré le confort dont il semblait jouir, elle percevait chez lui comme un certain mal de vivre. Depuis qu'elle était à son service, elle ne l'avait que très rarement rencontré. Le seul fait de ne pouvoir se faire une idée précise du fuyant personnage, ne faisait qu'attiser sa curiosité. Elle essaya bien de questionner la concierge, mais sans succès ! Cette dernière bien qu'habituellement loquace, resta bouche close pour une raison bien compréhensible. C'est qu'elle n'en savait pas plus qu'elle ou du moins, ses préoccupations étaient toutes autres et ne se limitaient qu'à son espace matériellement entretenu. Seul son chat la regardant avec des yeux ronds, émit de petits miaulements qui ne voulaient rien dire. L'unique renseignement qu'elle put recueillir de la concierge sans pour cela lui avoir tiré les vers du nez qui n'étaient pas solitaires, c'est que le monsieur sortait tous les jours à la mi-journée, et ne rentrait que très tard le soir. Elle se dit qu'après tout chacun avait droit à sa part de mystère et occupait son temps comme il l'entendait. Aussitôt elle s'en voulut, se reprochant cet excès de curiosité et cette tentative d'ingérence dans la vie d'autrui. Elle avait parfois ce besoin de se rapprocher des autres ! Cela était bien davantage qu'un sentiment de curiosité légère et passagère. Une attirance, un intéressement qui l'incitait à découvrir, à mieux connaître, à provoquer parfois. Mais toujours réfréné par un mouvement de réserve et de convenance. Ou alors n'était-ce pas plutôt une façon de conjurer ses moments de solitude, qu'elle sentait poindre en elle et de plus en plus l'envahir ? Elle n'était plus très jeune, sentimentalement ça n'était pas l'extase, et le temps qui passait n'apportait pas toujours son lot de réjouissances. Quittant l'immeuble, sa concierge subitement véreuse et son chat idiot, Anna transcrit ses maux en lettres capitales sur le fronton spongieux d'un espace virtuel. Espace qui allait de ses rêves à sa désolante réalité.

Dans le grand séjour de l'appartement de monsieur Vassalecq, sur l'un des murs juste au-dessus d'un canapé de cuir noir, était accroché un tableau d'assez grandes dimensions ; aussi sombre que le canapé qu'il dominait de toute son expressivité en lui contenue. Il s'agissait d'une toile, dans un cadre de bois paraissant avoir souffert, au contour cannelé et au ton de vieil acajou. Alors qu'elle passait l'aspirateur à bout de souffle, en retenant le sien arrêtée devant le tableau elle aspirait à en comprendre toute la représentation. L'entière surface de la toile recouverte de masses de peintures apparemment travaillées à la spatule, ne laissait rien deviner de vraiment figuratif. Elle avait beau dans son observation se placer sous différents angles, rien n'inspirait à ses yeux un ensemble constitué de formes qu'elle puisse reconnaître. La toile était sombre, faite d'épaisses touches de noir et de vert émeraude, assombri par la patine du temps et la vétusté de l'ensemble. Craquelée, la peinture avait perdue de son épaisseur et manquait même par endroits. Ce qui attirait pourtant l'attention c'était en premier lieu cette incompréhension du sujet. En insistant du regard, on pouvait pourtant deviner dans cette masse expressionniste, un curieux paysage. En premier plan dans la partie basse, de sombres épais et parallèles traits de peinture généreusement étalée, pouvaient représenter un large chemin de terre disparaissant au loin au milieu de noirs cyprès. Le ciel, si ciel il y avait ? Etait réalisé de touches bleues foncées et noires, ajoutant à la pesanteur du sujet. Seule dans le deuxième tiers supérieur du tableau, une tache plus claire concentrait toute l'attention d'Anna. Elle en était là de ses interrogations et tellement absorbée par ses déductions, qu'elle n'entendit pas la porte de l'appartement s'ouvrir. Elle sursauta lorsqu'elle aperçût le propriétaire des lieux dans l'encadrement de l'entrée. Celui-ci s'excusa de l'avoir surprise et, lui indiquant le tableau lui demanda si ce genre de peinture lui plaisait ? Un peu décontenancée elle ne sut quoi répondre et ne put que sourire en haussant les épaules. Afin de la rassurer et de chasser son trouble, il lui expliqua que l'art pictural n'était pas toujours destiné à la fidèle représentation d'un sujet. La peinture évoluait et s'adaptait à son époque. Elle était parfois l'avant garde de bouleversements contemporains, et aussi le reflet de sensibilités exacerbées. On pouvait entre autres choses, trouver et comprendre à travers son œuvre le parcours d'un artiste, ses tourments, ses joies, ses désespérances. Un tableau est comme un miroir qui ne reflète pas la propre image de celui qui le regarde, mais souvent celle de son créateur ! Anna écoutait, essayant d'assimiler tout ce qu'on lui disait. Jamais on ne lui avait parlé de la sorte et elle s'en trouva fortement intéressée. Cet apport d'explications sur ce à quoi elle était parfaitement étrangère, lui donna une ouverture, un besoin de recherche, de compréhension. Son instructeur s'absentant un moment, disparut dans son bureau. Elle pensa que le monde était plein de gens à problèmes aux esprits tourmentés et aux idées extravagantes. Regardant le tableau, elle se dit que les artistes eux au moins, avaient un don qui leur servait d'exutoire, pour exprimer tout leur savoir, leurs rêves, leurs angoisses, leurs paroxysmes, leurs élucubrations, et pouvaient par ce biais cette capacité en grande partie innée, partager leurs désirs leurs idées plus ou moins conscientes, ou du moins les extérioriser. Avantage qui n'était pas donné aux communs des mortels, qui devaient transporter avec eux leurs fantasmes et leurs chimères dans la grisaille du temps !

Le monsieur réapparut lui demanda des nouvelles de sa mère, de sa santé, de son séjour au Portugal. S'entretenant ensemble un court instant, des idées furent émises sur les beautés et douceurs du pays. Anna ne put répondre à ces dernières questions, que par l'évocation de lointains et vagues souvenirs. Après ce court et rapide entretien, l'un comme l'autre étant seul et parfaitement disponible de leur temps, elle ne refusa pas l'invitation lorsque proposition lui fut faite d'aller déjeuner dans un petit restaurant connu pour sa bonne cuisine. Les voyant passer ensemble devant sa loge, la concierge faillit à nouveau en avaler sa tranche de jambon. Tranche qu'elle consommait enroulée sur elle-même tel un cigare, et l'ingurgitait en regardant d'un œil la télé qui diffusait des recettes de cuisine élaborées, et de l'autre œil les allers et venues dans l'entrée de l'immeuble. Tandis que son chat assis sur le rebord de sa fenêtre, les ignorant, résolument leur tourna le dos.

Sur le boulevard, le ciel lourd et menaçant n'inquiéta personne. Surtout pas monsieur Vassalecq qui, libéré de toute contrainte et prévenance en oublia même son parapluie. Le chien du kiosque à journaux intrigué par la formation insolite du couple, les suivit un court instant. Puis, comprenant qu'il n'obtiendrait d'eux aucune explication, il leur préféra un congénère de son espèce qui draguait dans les parages la truffe au ras du sol. Un taxi qu'il régla avec pourboire, sans demi-mesure et sans le moindre regret, les arrêta devant l'enseigne : "La Ferme", qui était ouverte. Ils s'installèrent dans la salle du fond vide pour un quart, mais déjà aux trois-quarts pleine. On faisait ici une cuisine de famille. La patronne qui prenait les commandes et aidait au service, accueillait la clientèle avec de larges sourires et une bonne humeur communicative. Pendant qu'elle chantonnait de table en table poussant comme chaque jour son refrain identique à celui de la veille, son mari lui, en cuisine ne l'accompagnait pas mais était au piano. Cela lui allait bien car il se prénommait Octave. Il travaillait en harmonie et accord parfait avec un jeune cuisinier, adepte obstiné du presse purée et de la mandoline. Et pour compléter l'ensemble du trio un plongeur de couleur, virtuose du tuba et de la batterie, également de cuisine ; participant aussi à la réalisation de hors-d'œuvre dirigés par le chef sans baguette ni pupitre. Ce dernier exécutant mis à toutes les sauces et tous les instruments, communiquait aux autres sa permanente bonne humeur qu'il affichait dans un large et perpétuel sourire, découvrant des dents parfaitement blanches. Il arrivait qu'inopinément, Octave apparaisse dans l'ouverture du passe qui donnait sur la salle à manger, afin de prendre sans thermomètre la température ambiante ; surveillant du haut de sa crête aux pattes argentées, si durant le service tout se passait bien. Les patrons qui s'activaient autant en salle qu'en cuisine avaient pour nom : Monsieur et Madame Octave Lecoq ! Le service étant fait par une serveuse zélée chaussée de ballerines, qui sans pointe ni entrechat dansait parmi les tables ; aussi compétente et laborieuse qu'une abeille dans sa ruche occupée à faire son miel. L'affaire paraissait prospère ! Le ministère de l'intérieur n'était pas loin. Certains employés de l'intérieur, préférant l'extérieur pour déjeuner en extériorisant leurs convictions intérieures et personnelles, fréquentaient cet établissement. Sitôt installés, la patronne les ayant repérés comme nouveaux clients étrangers à la grande maison, s'approchant de leur table leur glissa en catimini comme si elle redoutait une table d'écoute : « En plus du menu je peux si vous le désirez, vous servir un excellent poulet basquaise. » Son sourire en coin ne fit que renforcer son offre et son allusion, que monsieur Vassalecq et Anna aussitôt acceptèrent. Avant de passer à table, issu du ministère la présente clientèle plus bruyante que d'habitude avait arrosé au comptoir la promotion d'un des leurs. A cette occasion fête fut donnée, qui s'était prolongée hors services. Ce que leur gloussa la patronne en s'excusant du léger désordre et du bruit occasionné par ces messieurs de l'ordre. En leur souhaitant bon appétit, elle s'enfuit vers de nouveaux arrivants ! Le repas fut amicalement chaleureux et détendu. Pierre parla d'un tas de choses qu'Anna méconnaissait et la mit à l'aise, en répondant du mieux qu'il le put à ses questions au début hésitantes, puis plus directes ; sur son passé, ses occupations ! Sur son passé ? Il ne s'étendit pas trop. Ses occupations étant routinières, il les éluda. Par contre, leur tête-à-tête se nourrit en plus du poulet mode basquaise, de la vie en général et des éléments de l'actualité sujet à toutes controverses. Le poulet dans leurs assiettes ayant disparu, la salle petit à petit également se vida. Ils prirent chacun une part de tarte à la prune faite maison, et la patronne en bonne hôtesse leur offrit le café. Après que Pierre eut dans la bonne humeur réglé l'addition qu'il y a quelques mois il eut trouvée exorbitante et sur laquelle il eut ergoté, ils se levèrent pour partir. Un grain les accueillit à la sortie de l'établissement. N'ayant pas de parapluie, ils se mirent à courir afin de s'abriter sous un abri de bus. Pierre étonné, avait retrouvé ses jambes de vingt ans et Anna, un bras sur lequel s'appuyer. Chacun d'eux venaient de rompre définitivement avec leur solitude. Pierre Vassalecq, en retrouvant une fille qu'il n'avait jamais eu sinon dans son subconscient ; Anna, en retrouvant en apparence un père ou du moins une présence qui le lui rappelait. Pour le moment ils n'en étaient pas là dans leurs réflexions et ne se posaient pas trop de question. N'éprouvant pas le besoin d'analyser l'événement, ils profitaient seulement du plaisir d'être ensemble. Les affinités qui les reliaient et qui auraient pu apparaître comme irréalisables il y a quelques temps, étaient le résultat d'une trop longue anxiété dont l'un et l'autre voulait inconsciemment se défaire. De parallèles qui se rejoignaient au-delà de toute rigide ligne de conduite, de considération d'âge ou de milieu, d'un lointain refus de communications soudaines et sporadiques. Anna de son côté avait bien une amie de son âge, Magali ! Qu'elle retrouvait tous les matins dans le petit café. Magali nouvellement mariée avait une vie de famille. Elle logeait chez ses beaux-parents qui eux-mêmes habitaient un petit pavillon de banlieue. Ce qui entre autre vu l'éloignement, limitait leur fréquentation à leur lieu de travail. Outre ce besoin de proximité affective jusque là avorté, c'était peut-être aussi son côté bon samaritain qui la poussait à une connaissance plus reconnue. Bien que n'étant pas un être apparemment à secourir, elle avait crue déceler chez ce jeune septuagénaire une faille dans son armure, un besoin comme elle de reconnaissance. Quand à monsieur Vassalecq, le changement qui s'était opéré en lui datait de leur première rencontre. Lorsque cela se produisit, on peut même affirmer que se fut un lien de sang qu'Anna épongea de son mieux ! Cette alchimie qui avait eut lieu, lui avait permis d'avoir un regard nouveau, une approche différente du quotidien ; mais plus que tout cela, c'était la fin d'une solitude qui insensiblement sans qu'il s'en rendit compte, le minait. Anna n'était pas l'unique bénéficiaire de cette rencontre ! De son côté, il avait trouvé un regain d'intérêt, un optimisme renaissant, un écho à ses pensées. Chacun d'eux apportant à l'autre une réponse, une ouverture, une connaissance ; ils n'étaient plus seuls !

Assujettis l'un et l'autre à une indépendance consentie, monsieur Vassalecq n'affirmait rien pour sa part qu'il ne sache d'ambigu, d'austère, de dérangeant. Voué malgré tout à un naturel qui lui échappait, il laissait en lui planer un doute de reconnaissance, prête pour lui à réapparaître, pour elle à s'émanciper ! Et c'est en cela, que leur rencontre les libéra, et leur donna un surcroît d'authenticité

Après une certaine attente, cela fit un moment qu'il ne s'était ouvert. Car pour y parvenir il lui fallait une aide. Sans cela le volume faisait bloc. Ses pages serrées les unes contre les autres respiraient mal ses caractères oppressés manquaient de liberté, de détente, de légèreté. Ils restaient imprimés sur leur support, n'éveillant aucun intérêt. L'air ne voyageait plus parmi ses interlignes, et la ponctuation en limitait la circulation. Les majuscules boudaient les alinéas, qui menaçaient d'un retrait définitif en chapitrant les paragraphes. Bien que les minuscules tentaient de garder la ligne, certaines d'entre elles surtout les voyelles, perdaient de leur importance en oubliant leurs accents ; et les liaisons plus utilisées, perdaient leurs à-propos. La marge entre l'oubli et la lecture devenait plus conséquente, jusqu'à paradoxalement réduire l'espace avec sa voisine, pour finir à se souder entre elles. Mais heureusement nous n'en étions pas là ! Il eut fallu pour cela que beaucoup d'eau passât sous les ponts et sur leur couverture. Les personnages même, en étaient réduits à perdre toute existence. Sombrant dans un oubli total plus ou moins long, ils se voyaient déjà relégués à l'étroit dans le fond d'un tiroir, ou sur l'étagère d'une quelconque bibliothèque. Dans le sac d'Anna, le roman s'ennuyait et rêvait d'une reprise en mains, significative d'un soudain intérêt sinon pour son contenu, du moins pour son existence. Mais le roman dut attendre encore quelques temps ! Relégué à l'importance d'un simple passe-temps ne servant qu'à combler une plage de vides, d'inactivité intellectuelle ; servant de panacée à l'ennui, au désœuvrement, au rêve retransmis par un auteur servile en manque de réel et d'authenticité. Que peut-on exiger d'attention et de fidélité, quand issues d'une plume que le temps ébouriffe et que les vents emportent, les pensées se défont. Liées par des écrits, elles se savent instables quand ceux-ci disparaissent en des recueils fermés. Quoi-donc de plus inutile qu'un livre, quand il ne livre plus ? Quand ses pages ne sont plus en service et que ses feuillets ne ruminent plus rien ? Il attendra patient, un lecteur assidu qui, curieux ou oisif tombant sur lui un jour, daigne baisser les yeux sur ses mots retranscrits. Il aimait bien pourtant son dernier utilisateur, qui en l'occurrence était une utilisatrice. Elle tournait ses feuilles avec délicatesse, et semblait porter intérêt à ses signes alignés. Il voyait défiler au-dessus de lui dans les yeux bleus de sa lectrice, le reflet de ses lettres, de ses mots, de ses phrases. Et quand parfois, sur ces lèvres penchées vers lui apparaissait l'ébauche d'un sourire, il s'enorgueillissait. Car il en était l'instigateur, le provocateur, le créateur. Lorsqu'on prête son corps son âme sa substance même sans aucune retenue, on s'expose souvent à des mains peu soigneuses. Chahuté, malmené, annoté parfois, on est enclin à subir certaines vilenies et autres maltraitances. Mais pire que cela, sont : l'oubli, le rebut, le silence, quand de lui ne s'entrouvre nulle page, nul écrit. Lorsqu'un écrit s'écrie, il est souvent trop tard ! Un lecteur assidu fait parler ses silences, envisage ses plaintes, emporte ses soupirs. Il fait siens ses états : d'âme, d'esprit ou de pensée, sans pour cela vanter ses bienfaits éphémères. Car nulles sont ses promesses, absentes ses raisons. Excessif est son style, quand il ne rentre pas dans l'ordre établi de bonne et servile littérature. Ceci dans un concept d'état totalitaire, où la censure enchaîne un droit de liberté. Mais quitte à en croiser les mots avec ses phrases comme on croise le fer contre pointes acerbes, critiques et malvenues. L'auteur puisant au loin, créant des euphémismes, s'habille d'une idée transmise d'oripeaux. Le lien est hasardeux la justesse imprécise. La nouveauté s'exhibe dans un monde imparfait. L'inconstance la guette, le temps est son allié. Et si sur son chemin elle va et s'affirme, le lecteur concerné en oubliera ses maux. Là, seule est son ambition ! Distraire, amuser ! Quand à servir de guide, pompeux est le projet ; bien qu'il soit vrai parfois, des mots, quelques génies puissent se le permettre. Mais s'ils se veulent tels, rares sont les élus ! On se doit d'y penser et les tenir pour maîtres ! A condition bien sûr, qu'un jour ils fussent lu.

Anna ne lisait plus ! Elle avait trouvé un monde essentiel, fait d'évasions et d'embellissements beaucoup plus authentiques en la personne de monsieur Vassalecq. Durant la nuit un gros orage ayant éclaté, un éclair métallique depuis longtemps attendu, avait bizarrement refermé le sac noir d'Anna. Le roman qu'elle n'avait pas terminé, curieusement surpris et pris de court, n'avait pu réintégrer son habituel transporteur, et était resté sans qu'elle s'en aperçoive sur un meuble, oublié parmi d'autres insignifiants objets. Se morfondant à l'idée de n'être plus pris en main, feuilleté, manipulé, il se résigna peu à peu à une attente vaine. Anna avait à présent auprès d'elle, un narrateur talentueux qui la faisait rêver. Pointilleux dans ses détails et de grande connaissance, il avait fini par lui faire aimer Paris ; ou du moins lui avait permis de le voir autrement. Son ciel, ses journées grises de fin d'automne, ses foules anonymes qui se pressent et s'affairent. Ses voix dans le passé qui ont chantées ses rues, ses ponts, ses boulevards ; la pluie sur ses trottoirs. Ses inconnus, qui dans ses petits matins frileux, passent et pressent le pas. En se rendant vers son lieu de travail, Anna observait à présent les fenêtres des maisons que l'obscurité rendait closes ; derrière lesquelles reposait un monde endormi, un regain d'existences un moment apaisées. Anna qui n'avait rien changé à ses habitudes, après son travail du matin continuait trois fois par semaine, à venir à l'appartement pour mettre un peu d'ordre. Souvent, Pierre invoquant un prétexte de promenade afin de prendre un peu d'air, la raccompagnait ; et ils faisaient ensemble un bout de chemin. Pierre habitait dans un immeuble du faubourg saint Honoré pas très éloigné du parc Monceau. Ils leur arrivaient souvent de s'asseoir sur un banc, de discourir sur n'importe quel sujet. Anna passait surtout plus de temps à écouter qu'à engager la conversation. Ils côtoyaient ici les bustes d'hommes illustres : Gounod, Chopin, Maupassant, Musset ! Monsieur Vassalecq, les ayant présenté avec pour chacun d'eux un trait de leurs caractères, de leurs œuvres, de leurs génies, ils paraissaient à présent à Anna plus vivants, moins distants, plus intimes. Ils donnaient à manger aux pigeons, et quand le temps le permettait en flânant sur les bords de Seine, il lui contait Paris : ses monuments, ses quartiers ; rive gauche, rive droite. Il lui expliqua que c'est de l'Ile de la Cité que Paris est né, et d'elle qu'il s'est développé. Appelé alors Lutèce lorsque Clovis en fit la capitale du royaume en 508. Il lui parla de la construction de Notre-Dame qui dura 170 ans, du règne de Louis VII, jusqu'à celui de Philippe le Bel. Que la capitale connut de grandes cérémonies historiques ! Il lui expliqua que l'Opéra tel qu'il est aujourd'hui, fut construit sous le second Empire ! Et aussi Montmartre, l'histoire de la butte ; son Sacré-Cœur ! En quelques jours elle en avait plus appris qu'en trente ans d'ignorantes et stériles errances, assujetties au train-train routinier de journées de labeur.

Il sembla à Anna qu'elle s'émancipait, qu'elle s'ouvrait à un extérieur inconnu mais plein de découvertes à envisager, à réaliser. Tout paraissait à sa portée il suffisait d'ouvrir les yeux. Autant pour l'un que pour l'autre, il n'y avait pas péril. Ils auraient pu vivre chacun de leur côté sans jamais se rencontrer ; cela n'aurait eu aucune incidence notable. Mais le hasard s'immisçant, occupe en nos vies une part impondérable. Au moment où il s'y attendait le moins, Pierre Vassalecq vit agréablement chavirer tout ce qui l'entourait : ses trop vieilles habitudes, ses promenades solitaires, ses pensées secrètes, lancinantes, encombrantes et inutiles. Une petite fleur avait poussé sur un sol asséché ! Fragile, insoupçonnée, précieuse et éphémère.

Puis un matin, Anna apparut tenant dans la main une lettre. Avec un large sourire, elle annonça que sa mère allait mieux et qu'elle serait de retour d'ici la fin du mois. Monsieur Vassalecq accueillit la nouvelle et participa à la joie exubérante d'Anna. Mais quelque part sa bonne humeur se trouva atténuée par un sentiment qu'il ne s'expliquait pas. C'était comme une onde mélancolique qui se manifestait, qui venait troubler son bien-être ; un semblant de frustration à venir, à concevoir, à accepter. Il se résonna aussitôt, rejetant au loin ses appréhensions.

Dans l'appartement, le retour de Maria guérie de sa « grossesse » qui l'avait tenue éloignée de Paris, et la reprise de son travail, fut accueilli de la part du bahut de l'entrée par un sourire mitigé. Les lieux jusque là plutôt enjoués, parurent légèrement s'assombrir. L'ensemble qui depuis quelques temps avait pris des allures subjectives de grand boudoir, reprenait des tons plus austères. D'exagérément vaporeux les rideaux s'étaient appesantis et le petit salon ne disait mot. Le bureau restait hermétique, et dans la chambre les oreillers ne tendaient plus l'oreille. Mais tout cela n'était que des impressions de choses qu'habituellement on néglige et qui normalement n'influaient en rien sur l'existence de leur propriétaire distant et aguerri. Si en plus des vicissitudes il fallait tenir compte de l'existence de tous les objets qui nous entourent, qui constituent notre proche décor, de leurs avis, de leurs ressentiments, on irait au devant de bien de contradictions. Chacun d'eux n'a d'importance que celle qu'on veut bien leur donner. Ils peuvent éventuellement représenter un refuge, une étape sur la route des souvenirs, une réminiscence de voyage, un lien affectif heureux ou malheureux ; mais à aucun moment ils nous appartiennent tout à fait. Passant de mains en mains ils resteront fidèles à ceux qui les convoitent, les possèdent, les oublient. S'ils nous entourent de leur présence permanente, discrète, ils restent des témoins insensibles et muets ; à l'écart de toutes considérations et décisions auxquelles ils sont étrangers. (Ce qui n'empêche pas qu'ils puissent avoir entre eux des avis différents des nôtres, difficilement exprimables dans leur propos fait de fixation, d'immobilité).

Pierre continuait à voir Anna ; plus rarement, plus sporadiquement et de manière plus détachée. Son espace temps s'était entrecoupé de plages de repos, d'attentes incertaines, dont malgré lui il se faisait un monde ; un monde qui tout à coup s'était rétréci. Redoutant son proche rétro comme son incertaine avancée, en s'octroyant malgré tout bonne conscience il se donnait bonne allure. Et c'est d'un pas toujours assuré qu'il reprit ses solitaires et tardives promenades. Il ne retrouvait plus comme les jours précédents cette légèreté de l'air, cette insouciance passagère, ce dédoublement de soi, du temps et de l'espace ; cette attente de mots, de rires, de pensées, ces regards étonnés aux seuils d'hésitations, de découvertes, de surprises. L'anonymat le guettant à nouveau, désormais vide et sans réponse resteraient ses discours !

Après les humides et douces journées automnales, s'annonçaient à présent les morsures de l'hiver. Pour monsieur Vassalecq revenait l'indispensable port de son pardessus. Pardessus aux manches parallèles, indépendantes, indifférentes l'une de l'autre. Mais aussi heureusement autour de son cou l'inévitable et chaud croisement de son cache-nez ! Cache-nez avec lequel il emmitouflait le bas de son visage lorsque le froid devenait trop vif, ou que la qualité de l'air qu'il respirait ne convenait pas au bien-être de ses poumons. Ce mince rempart d'étoffe l'isolait, le faisait en partie se cacher se replier sur lui-même ; rempart d'étoffe semblant le préserver des inconvenances qui l'entouraient. Du moins c'est ainsi qu'il l'utilisait ; un peu comme une protection, indispensable à sa solitude dès l'approche des mauvais jours. Maria la mère d'Anna, en plus de sa présence avait ramené du Portugal des nouvelles de José. Plaidant en sa faveur, elle avait à son égard inondé sa fille de bonnes et honnêtes intentions. José ne l'avait pas oublié ! Au contraire. Ayant trouvé un emploi stable, il envisageait alors une installation définitive. N'ayant jamais cessé de penser à elle, son amour n'avait fait que se révéler plus intensément. Il demandait à Anna de revenir auprès de lui ; pour une fois mariés, fonder ensemble une famille. Depuis qu'ils s'étaient connus, c'était la première fois qu'il la demandait en mariage. Encouragée par sa mère qui désirait retourner au pays avec sa fille, Anna se laissa convaincre. Le matin précédent son départ, elle tint à voir une dernière fois monsieur Vassalecq qui avait si bien su par sa présence et sa générosité, remplir avantageusement les dernières périodes de ses longues journées de solitude. Elle tenait à le remercier de toutes les connaissances dont il l'avait nourrie, qui lui avaient permis de reprendre confiance, de retrouver un regain d'optimisme. Sans imaginer une seconde, ce qu'elle, avec sa jeunesse, son naturel, sa spontanéité, avait pu lui apporter ? La loge de l'immeuble était vide. Montant rapidement l'escalier, elle croisa le chat de la concierge qui posa sur elle son plus beau regard vert émeraude. Passant outre le détail chatoyant de cette œillade féline, elle pénétra une dernière fois dans l'appartement. Une fois devant Pierre, elle resta muette ! Sans trop de mots apparemment superflus, timidement ils se remercièrent et se dirent au revoir ! Après avoir rapidement posé sur la joue de Pierre un premier et ultime baiser, Anna s'enfuit le chat de la concierge sur ses talons ; chat que d'ailleurs on ne revit jamais ! Une fois Anna partie, monsieur Vassalecq trouva une boite de forme carrée joliment enveloppée posée sur le bahut chinois qui avait pleuré à chaudes larmes ; bahut sur les panneaux duquel, un soleil couchant rougissait encore ses yeux de nacre. Ayant ouvert la boite, Pierre découvrit sous les larges plis d'un papier de soie une très belle écharpe en cachemire, qu'accom-pagnaient quelques mots de remerciements se terminant ainsi : « En espérant que cette écharpe vous accompagne, vous tienne chaud, et vous aide un peu à penser à moi. » A nouveau seul ! Etant revenu quelques mois en arrière il retrouvait ses silences, ses rancœurs, ses insuffisances. L'hiver n'était pas loin ! Il endossa son éternel pardessus et comme le chat de la concierge, profitant d'une échappée il prit le large. En ces journées de fin d'automne, les trottoirs sur lesquels il marchait recommençaient à pousser de petits cris plaintifs que l'on n'entendait pas en été. Les vieilles feuilles jaunies par les arbres rejetées, dansaient avec le vent une valse alanguie avant de disparaître. L'avenue était longue et triste ! La station de bus était toujours déserte et restait stationnaire telle une roue de moulin, dont le manque d'élément moteur empêchait de se mouvoir. Il erra longuement dans le soir qui tombait semblant venir à sa rencontre. Passant sur un pont, les lumières qui autour de lui scintillaient, à travers son regard accaparèrent son esprit. Il entendit au loin les appels d'une sirène ! Sans se retourner, lentement, il parut se fondre dans les méandres de la nuit. Ayant descendu l'escalier qui le menait en bord de Seine il marcha un moment sur le quai mal pavé, envers lequel il n'eut aucune réflexion désobligeante. Sentant une présence, il s'arrêta. Sorti de la nuit, il vit apparaître un individu qui venait à sa rencontre. A la lueur d'un réverbère, il put voir qu'il portait un pardessus râpé, ainsi qu'un cache-nez qu'il lui sembla reconnaître. L'homme s'avança ; un large sourire éclairait son visage !

Deux jours plus tard, bien en aval du fleuve on repêcha un corps. Aucun portefeuille, aucun papier sur lui ne permirent de l'identifier. Il portait un pardessus, et autour de son cou une écharpe.

Echarpe en cachemire… qui était étroitement nouée.